저
여리고
부드러운
것이

저
여리고
부드러운
것이

나태주 엮고 씀 | 김해선 그림

지식프레임

부디 그렇게 하시기 바랍니다

시는 사람의 마음을 깨끗하게 만들어줍니다. 거친 마음을 달래줍니다. 더러 울컥 치솟는 마음이 있을 때 시를 읽으면 그런 마음이 달래집니다. 말하자면 감정의 피뢰침 역할을 해줍니다. 그러기 때문에 나는 어려서부터 시를 읽었고 지금도 시를 읽습니다. 시를 쓰는 시인이기도 하지만 시의 독자이기도 합니다. 좋은 시라고 생각하면 나는 무조건 노트에 베끼는 버릇이 있습니다.

그렇게 베낀 시들 가운데서 어른과 아이가 함께 머리를 마주 대고 읽었으면 좋겠다 싶은 시들만 골라서 이 시집을 묶습니다. 그런 다음 시를 읽고 난 나 자신의 감상을 담았습니다. 정말로 어른과 아이가 함께 이 책을 읽어주었으면 좋겠습니다. 부모님과 아이,

선생님과 학생. 그렇게 이 시집에 있는 시들을 차근차근 읽으면서 서로서로 느낌을 이야기해보았으면 좋겠습니다.

부디 그렇게 하시기 바랍니다. 그래서 될수록 좋은 마음을 갖고 즐거운 마음을 갖고 끝내 행복한 마음이 되었으면 좋겠습니다. 시가 사람을 살린다는 것이 내 믿음입니다. 이 책이 그런 일을 해주었으면 좋겠습니다.

2019년 가을
나태주 씁니다

차례

1부 행복 _ 시를 통해 세상을 밝히다

2부 가족 _ 세상에서 가장 힘이 센 내 편

3부 **성장** _ 기쁨, 슬픔 그리고 친구

4부 관찰 _ 깊은 시선으로 세상을 배우다

1부

행복

시를 통해 세상을 밝히다

꽃들아 안녕

나태주

꽃들에게 인사할 때
꽃들아 안녕!

전체 꽃들에게
한꺼번에 인사를
해서는 안 된다

꽃송이 하나하나에게
눈을 맞추며
꽃들아 안녕! 안녕!

그렇게 인사함이
백번 옳다.

— 가끔 우리는 남을 함부로 대할 때가 있습니다. 바쁘다는 핑계로 그렇고 다른 사람을 귀히 여기는 마음이 부족해서도 그렇습니다. 그래서는 안 됩니다. 남들이 나한테 함부로 대할 때를 생각해보세요. 기분이 대번에 나빠지지요. 그것은 내가 남들한테 하는 일도 그렇습니다. 내가 남들한테 함부로 대하는 일은 그 사람을 기분 나쁘게 만들어주는 일이나 마찬가지입니다. 절대로 핑계 대거나 변명할 일이 아닙니다. 우리나라 속담에 이런 말이 있지요. '가는 말이 고와야 오는 말도 곱다.' 그렇습니다. 내가 먼저 잘해줘야 합니다. 그러면 저쪽에서도 잘해줄 것입니다. 그것은 사람한테만 그런 것이 아니라 꽃들에게도 그렇습니다. 꽃들에게 인사할 때 한꺼번에 하지 말고 꽃송이 하나하나에게 인사합시다. 그러면 꽃들도 우리에게 잘해줄 것입니다.

여름의 일

나태주

골목길에서 만난
낯선 아이한테서
인사를 받았다

안녕!

기분이 좋아진 나는
하늘에게 구름에게
지나는 바람에게 울타리 꽃에게
인사를 한다

안녕!

문간 밖에 나와
쭈그리고 앉아 있는
순한 얼굴의 개에게도
인사를 한다

너도 안녕!

— 살다 보면 별일도 많지요. 자전거를 타고 가거나 걸어서 시내 쪽으로 갈 때 가끔은 낯선 아이들한테 인사를 받을 때가 있지요. 그것도 공손히 손을 모으고 하는 인사입니다. "나를 아니?" 하고 물으면 모른다고 고개를 흔듭니다. 그래도 아이는 그냥 인사를 합니다. 내가 예전에 교직 생활을 했고 교장 선생을 한 것을 아이가 알아서 그런 걸까? 내가 시인인 것을 알아서 그런 걸까? 아닙니다. 아이는 그냥 사람한테 인사를 한 것입니다. 사람 가운데서도 나이 많은 어른한테 인사를 한 것입니다. 이 얼마나 아름다운 인사입니까? 이제 우리는 나이 많은 나무나 오래된 강물한테도 인사를 해야 할 일입니다. 그렇게 인사를 하면 나 자신이 밝아지고 아름다워집니다. 먼 곳이 잘 보이고 세상이 갑자기 환해지기도 합니다. 감사한 일입니다.

느티나무의 마음

이기철

아이가 느티나무에게 물었어
느티나무 아저씨, 아저씨는 왜 그렇게 키만 컸어요?
느티나무가 대답했지
늘 즐거우니까 키가 컸단다

아이가 느티나무에게 물었어
열매는 왜 호박만 하지 않고 참깨만 해요?
느티나무가 대답했지
내가 호박만 한 열매를 떨어뜨리면
그 아래 노는 너희들이 다치지 않니

아이가 느티나무에게 고맙다고 인사하자
느티나무는 아이들 머리를 쓰다듬어 줬어
오냐, 마음 놓고 놀다 가거라

　　— 오! 느티나무가 할아버지의 마음을 가졌군요. 그래요. 느티나무라도 오래 살아 나이가 많은 느티나무가 되면 이렇게 인자하고 마음씨가 넓어지는 모양입니다. 느티나무는 더운 여름날 아이들이 자기의 그늘에 들어와 놀 수 있도록 짙은 그늘 방석을 깔아줍니다. 또 시원한 바람을 데려다 아이들의 땀을 씻어줍니다. 그뿐이 아닙니다. 느티나무는 지나가는 새들이나 소낙비나 벌레들의 쉼터가 되기도 합니다. 밤이면 별들이 내려와 느티나무 머리 위에서 반짝이기도 합니다. 그렇게 큰 느티나무의 열매가 참깨만큼 작다는 건 아무래도 재미있는 일입니다. 이걸 찾아내어 아이들이 놀다가 다치지 않도록 그랬다고 쓴 것은 시인입니다. 시인의 마음이 또 느티나무 할아버지의 마음입니다.

반딧불

윤동주

가자 가자 가자
숲으로 가자
달조각을 주으러
숲으로 가자.

　그믐밤 반딧불은
　부서진 달조각,

가자 가자 가자
숲으로 가자
달조각을 주으러
숲으로 가자.

저 여리고 부드라운 것이

　— 윤동주 시인은 어른이 읽는 시만 쓴 것이 아니라 아이들이 읽는 동시도 많이 썼습니다. 처음엔 신문이나 잡지에 동시만을 발표했습니다. 훌륭한 시인은 어른이 읽는 시만 쓰는 것이 아니라 어린이들이 읽는 시도 쓸 줄 아는 시인입니다. 윤동주 시인도 그런 시인 가운데 한 분입니다.

　이 시는 처음부터 친구에게 어딘가로 가자고 말을 하면서 시작하고 있군요. 그렇습니다. 시라는 것은 누군가에게 말 걸기이고 무엇인가를 함께하자고 제안하는 데서부터 출발합니다. '숲'으로 가자고 했군요. 숲에 가서 무엇을 하게요? "부서진 달 조각"을 주으러 가자고 했군요. 여기서 "부서진 달 조각"이란 반딧불을 말합니다. 이렇게 시란 '이것'을 '저것'으로 표현하는 데서부터 또 출발합니다. 어때요? 재미있지 않나요? 가볍게 가볍게 말하면서 어딘가로 가고 있는 느낌. 두 아이의 깔깔 웃음이 숨어 있고 가벼운 발자국 소리라도 들리는 듯싶군요.

나는 염소 간 데를 모르네

신현정

연두가 눈을 콕콕 찌르는

아지랑이 아롱아롱 하는 이 들판에 와서

무어 할 거 없나 하고 장난기가 슬그머니 발동하는 것이어서

옳다, 나는 누가 말목에 매어 놓고 간 염소를

줄을 있는 대로 풀어주다가

아예 모가지를 벗겨주었다네

염소 가네

어디로인가 가네

나는 모르네

어디서 음메에가 들리네

하늘 언저리가 파랗게 젖어 있는 것으로 봐서

거기서 잠시 울다 간 거 같으네

아 저기저기 뿔 쬐그맣게 달고 가는 흰구름이 저거 염소 맞을 거네

나는 모르네

이 봄, 팔짝 뛰고 뒤로 자빠질 봄이네

정말 모르네.

— 이 시는 재미난 발상이 돋보입니다. 아지랑이 피어나는 들판에서 염소와 장난 치면서 놀았던 어린 시절의 기억을 바탕 삼아 쓴 것 같아요. 너무 심각하게 접근하지 마세요. 시인을 따라 자기 자신이 들판에 있는 소년이라고 하고 염소와 장난을 치고 있다고 상상해보세요. 누구네 집 염소인지 모르지만 염소 한 마리를 보았다네요. 그 염소는 고삐에 매달린 염소. 염소 목둘레에 이어진 줄을 풀어줄 수 있는 데까지 풀어 주다가 나중에는 목에 감긴 고삐까지 풀어주었다는 겁니다. 이제 자유로워진 염소를 봅니다. 염소가 갑니다. 어디론가 갑니다. 염소가 간 곳을 모릅니다. 어디선가 음메에, 하는 염소 울음소리가 들립니다. 환청입니다. "뿔 쬐그맣게 달고 가는 흰구름이 저거 염소 맞을 거네". 이것은 시인의 억지이지만 즐거운 억지이고 아름다운 억지입니다. 이렇게 봄은 환상적으로 아름다운 봄으로 완성됩니다.

여름밤

이준관

여름밤은 아름답구나.
여름밤은 뜬눈으로 지새우자.
아들아, 내가 이야기를 하마.
무릎 사이에 얼굴을 꼭 끼고 가까이 오라.
하늘의 저 많은 별들이
우리들을 그냥 잠들도록 놓아주지 않는구나.
나뭇잎에 진 한낮의 태양이
회중전등을 켜고 우리들의 추억을
깜짝깜짝 깨워놓는구나.

아들아, 세상에 대하여 궁금한 것이 많은

너는 밤새 물어라.

저 별들이 아름다운 대답이 되어줄 것이다.

아들아, 가까이 오라.

네 열 손가락에 달을 달아주마.

달이 시들면

손가락을 펴서 하늘가에 달을 뿌려라.

여름밤은 아름답구나.

짧은 여름밤이 다 가기 전에 (그래, 아름다운 것은 짧은 법!)

뜬눈으로

눈이 빨개지도록 아름다움을 보자.

— 우리나라의 시에서 보면 아버지는 잘 나오지 않습니다. 주로 어머니와 누나가 잘 나오지요. 그런데 이 시에는 아버지와 아들이 나옵니다. 놀라운 일이고 반가운 일입니다. 나는 자라면서 아버지와 친하지 않은 아들이었습니다. 아버지는 늘 멀고 무섭기만 한 남자 어른이었습니다. 그렇게 하는 것이 아버지 노릇인 줄 알고 나는 또 아들한테 무섭고 먼 아버지 노릇만 했습니다. 후회되는 일입니다. 그런데 이준관 시인은 그렇지 않은가 봅니다. 부러운 일입니다. 자랑스러운 일입니다. 부드러운 아버지와 아들. 참으로 평화로운 세상입니다. 그것도 여름밤. 두 사람이 별을 보고 있군요. 아예 아버지는 아들에게 별을 보면서 여름밤을 꼬박 새워보자고 말하고 있습니다. 아름다운 아버지, 아름다운 아들, 아름다운 여름밤, 아름다운 별입니다.

아무리 숨었어도

한혜영

아무리 숨었어도
이 봄햇살은
반드시 너를 찾고야 말걸
땅속 깊이 꼭꼭 숨은
암만 작은 씨라 해도
찾아내
꼭 저를 닮은 꽃
방실방실 피워낼걸

아무리 숨었어도
이 봄바람은
반드시 너를 찾고야 말걸
나뭇가지 깊은 곳에
꼭꼭 숨은 잎새라 해도
찾아내
꼭 저를 닮은 잎새
파릇파릇 피워낼걸

— 언제든 봄은 겨울 다음에 오는 계절입니다. 꽃이 피고 새싹이 나지요. 생명과 환희의 계절입니다. 그런데 봄은 춥고 어둡고 지루한 겨울을 지나고 나서야만 오게 되어 있습니다. 이것은 매우 단순한 일이고 당연한 일이라서 사람들은 별로 신경을 쓰지 않습니다. 그렇지만 조금만 눈여겨보고 생각을 바꾸어보면 이것 — 겨울 뒤에 봄이 온다는 것 — 은 매우 놀라운 일이고 아름다운 일이고 너무나도 벅찬 축복이고 보람이고 기쁨입니다. 그렇습니다, 봄은 기쁨이지요. 기쁜 마음이 가득한 것이 봄입니다. 해마다 봄이 한 차례씩 온다는 것은 또 희망이기도 합니다. 이러한 봄에 햇살과 씨앗이 숨바꼭질을 합니다. 봄에 씨앗을 찾아내 싹을 틔우는 햇살의 사랑과 관심과 정성이 보입니다. 그렇군요. 모든 생명체는 누군가의 보살핌과 정성으로 살기도 하고 자라기도 하는 것이군요. 여기서 사랑해줘서 고맙습니다, 하는 인사가 나옵니다.

풋사과

고영민

사과가 덜 익었다
덜 익은 것들은 웃음이 많다

얘들아, 너희들은 커서 잘 익고
듬직한 사과가 되렴
풋!

선생님이 말할 땐 웃지 말아요
풋!

누구니?

풋!
자꾸 웃음이 나오는 걸
어떡해요

— 풋사과를 가운데에 놓고 선생님과 아이들 사이에 오가는 느낌의 소통입니다. 선생님이 아이들에게 사과가 덜 익었다고 말하면서 덜 익은 것들은 웃음이 많다고 말했던가봐요. 그런가요? 덜 익은 것들은 웃음이 많을까요? 아마도 철이 덜 들어 그렇다고 어른들은 말하겠지요. 그렇지만 아이들은 저희들이 싱싱해서 그렇다고 말할 거예요. 두 사람의 차이. 두 세대의 차이. 그건 차이가 아니라 그냥 어울림이에요. 하나를 지우고 하나를 살릴 일이 아니지요. 그냥 그대로 두면 좋을 거예요. 저절로 두어도 풋사과는 익을 거예요. 그처럼 사람도 그대로 두면 저절로 어른으로 자랄 거예요. 아니 변할 거예요. 선생님이 말씀하시는데 자꾸만 웃는 아이들이 버르장머리 없다고요? 그것이 바로 어린 사람의 특징이잖아요. 그냥 둡시다. 그냥 풋! 풋! 웃도록 그냥 둡시다. 얼마나 좋아요. 풋! 풋! 웃는 아이들이 있어서 세상이 이나마 푸르고 싱싱하고 살맛이 납니다. 귀여운 시, 재미있는 시, 잘 읽었습니다. 시를 쓴 시인도 그렇게 재미있고 싱싱한 사람일까요? 시를 읽으면서 문득 시인을 만나보고 싶다고 생각해본 건 이 시가 처음입니다.

웃는 기와

이봉직

옛 신라 사람들은
웃는 기와로 집을 짓고
웃는 집에서 살았나 봅니다.

기와 하나가
처마 밑으로 떨어져
얼굴 한쪽이
금 가고 깨졌지만
웃음은 깨지지 않고

나뭇잎 뒤에 숨은
초승달처럼 웃고 있습니다.

나도 누군가에게
한 번 웃어 주면
천년을 가는
그런 웃음을 남기고 싶어
웃는 기와 흉내를 내 봅니다.

　― 박물관에서 본 기와 한 장을 보고 쓴 시입니다. 신라 시대의 기와. 기와는 집을 지을 때 지붕 위에 얹는 널찍한 조각. 웃는 얼굴이 새겨진 기와입니다. 아마도 경주박물관에서 보았겠지요. 참, 신라 사람들은 재미나게 살았던 사람들입니다. 어떻게 지붕에 얹는 기와에 사람의 웃는 얼굴을 새길 생각을 다 했을까요? 그만큼 생각이 새롭고 마음이 너그럽고 평화롭다는 증거가 아닌가 싶습니다. 그 기와를 보고 대번에 시인이 생각에 잠깁니다. 자기도 기와처럼 웃는 얼굴을 하면서 살면 천년 뒤에도 웃는 모습이 남고 향기가 남는 사람이 되지 않을까, 그런 생각입니다. 이것은 생각만으로도 즐거운 일입니다. 오늘날 남겨진 신라의 웃는 기와는 그렇게 웃는 얼굴 그대로 천년을 살았습니다. 아니 견뎠습니다. 찡그린 얼굴이 아닙니다. 우리도 웃는 얼굴로 날마다 살면 더욱 즐겁고 아름다운 삶을 살지 않을까 싶습니다.

행복

허영자

눈이랑 손이랑
깨끗이 씻고
자알 찾아보면 있을 거야

깜짝 놀랄 만큼
신바람 나는 일이
어딘가 어딘가에 꼭 있을 거야

아이들이
보물찾기 놀일 할 때
보물을 감춰 두는

바위 틈새 같은 데에
나뭇구멍 같은 데에

행복은 아기자기
숨겨져 있을 거야.

— 웃음 뒤에 오는 것이 행복입니다. 기쁨 뒤에 오는 것이 또 행복입니다. 그런데 우리는 웃음과 기쁨이 적어서 행복하지 않은 것입니다. 이것은 분명한 일입니다. 억지로 웃고 억지로 기쁠 수는 없는 일이지만 기쁘고 즐겁기 위해 노력하면서 살아야 한다는 것은 분명 좋은 일입니다. 시인은 행복을 찾아보자고 했습니다. 소중한 것을 찾을 때처럼 눈이랑 손을 깨끗이 씻고 찾아보자고 제안하고 있습니다. 마치 소풍 가서 했던 보물찾기처럼 정성껏 찾아보면 분명 어디엔가 숨어 있는 보물처럼 행복이란 것이 있을지도 모른다고 말하고 있습니다. 시인이 말하는 행복의 시작은 신바람 나는 일입니다. 그것도 깜짝 놀랄 만큼 신나는 일입니다. 그렇다면 이런 신나는 일은 어디에 있을까요? 내 생각으로는 별로 없지 싶어요. 그럼 어떻게 하나요? 그것이 문제입니다. 아닙니다. 저 나름의 일입니다. 자기가 알아서 자기의 기쁨과 행복을 찾아야 합니다. 작은 것을 소중히 여기고 오래된 것, 늘 곁에 있는 것들을 좋게 여기는 마음이 바로 기쁨과 행복의 시작이라고 나는 생각합니다.

응?

나태주

초록의 들판에
조그만 소년이
가볍게 가볍게
덩치 큰 소를 끌고 가듯이

귀여운 어린아기가 끌고 가는
착하신 엄마와 아빠

어여쁜 아이들이 끌고 가는
정다운 학교와 선생님

아가야, 지구를 통째로
너에게 줄 테니
잠들 때까지 망가뜨리지 말고
잘 가지고 놀거라, 응?

— 아마도 우리 집 아이들이 어린아이였을 때 쓴 작품이 아닌가 싶습니다. 집집마다 소중한 아기. 우리 집에서도 우리 아기들은 소중한 아기였습니다. 부모 된 사람들은 소중한 아기에게 무슨 일이든지 해주고 싶어 합니다. 그건 우리 집에서도 그러했습니다. 아기들이 좋아하는 것은 장난감입니다. 그런데 우리 집은 가난해서 아이들에게 장난감을 자주 사다 주지 못했습니다. 지금 생각해도 미안한 일입니다. 그때 나는 이런 생각을 해보았습니다. 지구 전체를 우리 아기에게 장난감으로 주면 어떨까? 사실 부모 된 사람들의 마음은 누구나 그럴 것입니다. 그래, 너에게 지구 전체를 주고 싶다. 그래도 하나도 아깝지 않다. 그런데 여기서 조건이 있습니다. 장난감으로 준 지구를 망가뜨리지 않고 끝까지 잘 가지고 놀아야 합니다. 아이들은 힘이 셉니다. 부모님과 가정을 끌고 가는 것이 아이들이고 선생님과 학교를 끌고 가는 것이 바로 아이들입니다. 아이들이 있기에 내일의 세상은 있고 또 아름다운 것이고 또 희망찬 것입니다.

미끄럼틀

전봉건

놀이터나
교정에 서 있는
미끄럼틀보다
더 높은 것이
아이들에게는 없다.

그림을 그리게 하면
삼층 교사의 지붕보다
더 높은 키의 미끄럼틀을 그린다.

하나 둘
셋 넷……
차례차례 미끄럼틀을 타고 내려오는
아이들 웃는 얼굴 입에는
물린 태양이 있다.

그들은
하늘 꼭대기에서
내려오고 있는 것이다.

저 여리고 부드러운 것이

— 세상에 없는 것을 생각해보는 것이 상상입니다. 그러나 상상은 엉뚱한 것에서 나오지 않습니다. 이미 세상에 있는 것 가운데서 나옵니다. 그러기 때문에 무엇이든지 잘 봐야 합니다. 사소한 것, 흔한 것, 작은 것일지라도 자세히 오래 보아야 합니다. 그러면 그 안에서 보물 같은 생각이 나옵니다. 그것이 상상입니다. 시는 오로지 (100퍼센트) 상상으로만 된 것은 아니지만 현실의 경험과 상상의 세계가 합쳐져 이루어지는 글입니다. 자, 볼까요? 운동장이나 놀이터의 미끄럼틀을 바라봅니다. 아이들이 여러 명 모여서 놉니다. 위에서 내려오는 아이들입니다. 아슬아슬 재미있습니다. 그런 경험들을 생각하면서 그림을 그리게 하면 아이들은 매우 특별한 그림을 그립니다. 미끄럼틀을 3층 교사보다도 높게 그립니다. 또 아이들은 제각기 입에 웃음을 함빡 물고 내려옵니다. 그 모습이 입에 태양을 하나씩 물고 내려오는 것 같습니다. 그리고 보니 아이들은 모두가 하늘 꼭대기에서부터 내려오는 사람들입니다. 누구입니까? 하늘나라 사람들이고 천사들입니다. 시인의 상상이 이런 세계를 낳았습니다.

노래

나태주

노래는 어디에서 오는가?
마을에서도 변두리
변두리에서도 오두막집
어둠 찾아와
창문에 불이 켜지고
나무 아래 내어다놓은 들마루
그 위에 모여앉아 떠들며
웃으며 노는 아이들

— 거기에서 온다

노래는 어디에서 오는가?
한길에서도 오솔길
오솔길이 가다가 발을 멈춘 곳
도란도란 사람들 목소리
들려오는 오두막집
개구리래도 청개구리
따라서 노래 부르는 들창

— 거기에서 온다

― 오래전 일입니다. 지금 살고 있는 공주시 금학동으로 이사 온 뒤 나는 틈만 나면 산책을 했습니다. 마을길을 걷고 골목길을 걷는 산책이지요. 금학동에는 제민천이라는 개울물이 흐릅니다. 그 개울물을 따라서 상류로 올라가면 골짜기가 나오고 밭이 나오고 논이 나옵니다. 개울 위에 널찍한 밭 가운데 외따로 서 있는 집이 한 채 있었습니다. 울타리도 시원치 않고 대문도 없는 허름한 집입니다. 마당에는 큰 나무에 그네도 하나 매달려 있습니다. 그네가 있는 걸로 보아 아이들이 있는 집인가 봅니다. 정말 그 집에는 두 아이가 살고 있었습니다. 남자아이들입니다. 물론 엄마도 있고 아빠는 공사판으로 일하러 다니는 사람이고요, 할머니도 한 분 함께 살았습니다. 나는 지나다니면서 그 집을 유심히 살펴보았습니다. 가난하지만 아이들의 까르륵대는 웃음소리가 끊이지 않는 집이었습니다. 행복한 집이란 생각이 들었습니다. 대문간에는 왕관초라 불리는 족두리꽃 몇 그루가 서 있기도 했습니다.

걱정 마

정진숙

눈이 크고 얼굴이 까만
나영이 엄마는
필리핀 사람이고,

알림장 못 읽는
준희 엄마는
베트남에서 왔고,

김치 못 먹어 쩔쩔매는
영호 아저씨 각시는
몽골에서 시집와

길에서 마주쳐도
시장에서 만나도
말이 안 통해
그냥 웃고 지나간다.

이러다가
우리 동네 사람들 속에
어울리지 못하면 어쩌나?

그래도 할머닌
걱정 말래.

아까시나무도
달맞이꽃도
개망초도
다 다른
먼 곳에서 왔지만
해마다 어울려 꽃피운다고.

— 다문화가정 이야기를 담은 시이군요. 다문화가정은 외국에서 오신 분들이 우리나라 사람과 결혼하여 이루어진 가정을 이르는 말입니다. 세계화 시대를 맞아 우리나라도 이제 외국인들이 많이 사는 나라가 되었습니다. 그러므로 외국인 아빠나 엄마를 둔 아이들이 많아지게 되었습니다. 그런 아이들은 도시보다는 시골에 많습니다. 한국으로 시집와서 아기들을 낳아주는 외국인 엄마들이 고맙지요. 일단 한국에서 아기를 낳으면 한국인이고 한국의 아기를 낳았으면 한국인의 엄마입니다. 그런데 그 엄마들이 한국의 말과 문화에 서툰 것이 문제입니다. 필리핀, 베트남, 몽골에서 온 엄마들. 주변 사람들이 걱정해도 할머니는 걱정을 하지 않습니다. 오히려 사람들더러 걱정하지 말라고 하십니다. 그건 나무나 꽃을 보면 알 수 있는 일이라고요. 아까시나무, 달맞이꽃, 개망초도 실은 외국에서 들여온 나무나 꽃인데 지금은 어울려 잘 살지 않느냐, 그 말씀입니다.

꽃사슴

유경환

아가의 새 이불은
꽃사슴 이불

포근한 햇솜의
꽃사슴 이불

소로록 잠든 아가
꿈속에서

꽃사슴 꽃사슴
타고 놉니다.

　— 오랫동안 초등학교 교과서에 실렸던 작품입니다. 그만큼 좋은 점을 많이 지닌 작품이라 하겠습니다. 시는 문장의 길이가 짧고 단순하며 읽기가 쉬워야 합니다. 뿐더러 그 내용이 아름답고 맑아야 합니다. 이러한 점을 고루 갖춘 작품이라 하겠습니다. 주인공은 아기와 꽃사슴입니다. 아기는 잠을 자고 있는 아기이고 꽃사슴은 실지로 살아 있는 꽃사슴이 아니고 아기가 자면서 덮고 있는 이불에 그려진 그림 속의 꽃사슴입니다. 그 둘이 서로 어울려 노는 내용입니다. 이것은 실지로는 있을 수 없는 일입니다. 시인의 상상이 이런 세상을 만들어냈고 또 그것을 시로 썼습니다. 이렇게 상상이란 것은 없는 것을 있게 하고 가능하지 않은 것을 가능하게 합니다. 세상 그 어디에도 없는 아름다운 세상을 보여줍니다. 꽃사슴이 그려진 이불을 덮고 자고 있는 아기를 생각해보십시오. 우리는 모두가 그렇게 소중하게 예쁘게 자란 아기들입니다. 부모님이 고맙다는 생각을 더불어 갖게 됩니다.

꽃자리*

구상

반갑고 고맙고 기쁘다.

앉은 자리가 꽃자리니라!

네가 시방 가시방석처럼 여기는
너의 앉은 그 자리가
바로 꽃자리니라.

반갑고 고맙고 기쁘다.

---

* 시인 공초 오상순 선생의, 사람을 만났을 때의 축언을
조금 풀이하여 시로서 써보았음.

　── 내가 강연장에 가서 학생들에게 자주 들려주는 시 가운데 하나입니다. 구상 시
인은 주로 어른들을 위한 작품만 쓴 시인이지요. 그런데 이런 작품은 어린이들도 읽어
보는 게 좋겠다는 생각이 듭니다. 처음엔 그 내용을 확실하게 다 알 수가 없어도 나중
에 어른이 되면서 조금씩 알게 될 것이기 때문입니다. 이렇게 좋은 시는 아예 여러 번
읽어서 외워두는 것도 좋겠습니다. 좋은 문장을 많이 외우고 있으면 나의 마음도 점점
좋아진다는 걸 알아야 합니다.
　어른이나 아이나 할 것 없이 사람들은 자기가 가진 것을 낮추고 하찮게 여기는 버릇이
있습니다. 자기가 있는 곳이 분명 좋은 자리인데도 나쁜 자리라고 생각하는 것이지요.
우리가 앉은 자리는 가시방석이 아니고 꽃이 앉은 꽃자립니다. 그러므로 우리는 꽃입
니다. 꽃처럼 살아야 합니다. 꽃처럼 향기롭게 살아야 하고 아름답게 살아야 합니다.
그 구체적인 방법이 "반갑고 고맙고 기쁘다."입니다.

일요일

나태주

그네가 흔들린다
바람이 앉아서
놀다 갔나 보다

꽃들이 웃고 있다
바람이 간지럼
먹이다 갔나 보다

자고 있는 아기도
웃고 있다
좋은 꿈 꾸고 있나 보다.

— 내가 초등학교 교장 선생으로 일을 할 때의 일입니다. 가끔은 일요일에도 학교에 출근을 했습니다. 2층에 있는 교장실로 올라가다가 보니 창밖으로 뒤 뜨락의 그네가 보였습니다. 유치원 아이들이 타던 그네입니다. 아이들이 학교에 나오는 날 같으면 아이들이 타고 있을 그네입니다. 그네는 언제든지 아이들에게 인기가 많은 놀이기구이니까요. 그런데 그날은 그네가 비어 있었습니다. 나는 다시금 그네를 바라보았습니다. 비어 있는 그네. 일요일. 아이들은 물론 자기 집에 있겠지요. 이런 생각들이 이 시를 쓰게 했습니다. 아이들 대신 바람이 앉아서 그네를 타고 놉니다. 바람이 그네를 타다가 그만두고 꽃밭의 꽃한테 가서 꽃들을 간지럼 먹이고 있습니다. 실은 이것도 상상입니다. 이런 상상이 이번에는 아이들의 집으로 가서 그 아이들의 동생인 아기를 찾아냅니다. 아기는 잠을 자고 있습니다. 아기는 잠을 자면서 웃고 있습니다. 아마도 꿈속에 좋은 일이 있었나 봅니다.

풀잎 2

박성룡

풀잎은
퍽도 아름다운 이름을 가졌어요.
우리가 '풀잎' 하고 그를 부를 때는,
우리들의 입 속에서는 푸른 휘파람 소리가 나거든요.

바람이 부는 날의 풀잎들은
왜 저리 몸을 흔들까요.
소나기가 오는 날의 풀잎들은
왜 저리 또 몸을 통통거릴까요.

그러나 풀잎은
퍽도 아름다운 이름을 가졌어요.
우리가 '풀잎' '풀잎' 하고 자꾸 부르면,
우리의 몸과 맘도 어느덧
푸른 풀잎이 돼버리거든요.

— 시는 말로 이루어진 예술작품입니다. 우리가 날마다 사용하는 말이 표현의 도구가 되는 것이지요. 그러기에 말을 잘 사용하는 것이 가장 중요합니다. 꼭 맞는 말을 찾기가 어렵지요. 이런 것을 플로베르라는 사람은 '일물일어설'이라고 했습니다. '한 가지 사건이나 물건, 감정에는 꼭 한 가지의 말이 있다. 그 말을 찾아라.' 그것입니다. 그러므로 시를 쓰는 사람은 우리가 사용하고 있는 말에 대해서 늘 관심이 있어야 하고 생각을 많이 해야 합니다. 이러한 관심과 생각 속에서 나온 글이 이와 같은 글입니다. 딱 하나의 단어입니다. '풀잎'이라는 단어. 그 말이 시의 제목이 되었고 또 내용이 되었군요. 풀잎! 풀잎! 하고 입으로 소리 내어 읽다가 이런 시를 쓴 것입니다. 참으로 이것은 신기한 일입니다. 우리도 한 가지 말을 선택하여 그 말을 여러 번, 오래오래 소리 내어 읽어보고 또 마음속에 간직하고 다니며 생각해보면 좋을 듯합니다. 그러다 보면 좋은 생각이나 느낌이 떠오르고 좋은 시 한 편이 쓰여질지도 모릅니다.

2부

가족

세상에서 가장 힘이 센 내 편

딸을 위한 시

마종하

한 시인이 어린 딸에게 말했다.
'착한 사람도, 공부 잘하는 사람도 다 말고
관찰을 잘 하는 사람이 되라고.
겨울 창가의 양파는 어떻게 뿌리를 내리며
사람은 언제 웃고, 언제 우는지를.
오늘은 학교에 가서
도시락을 안 싸 온 아이가 누구인지 살펴서
함께 나누어 먹기도 하라고.'

저 여리고 부드러운 것이

— 어떤 집 어른이든 자기 집 아이들에게 가르치는 내용은 엇비슷합니다. 공부 잘 해라, 착한 사람이 되어라, 친구들과 잘 지내거라, 길 조심, 차 조심해라. 요즘은 거기에 낯선 사람 조심하라는 말까지 덧붙입니다. 학교에서는 또 아이들에게 친구들과 잘 지 내라, 왕따 시키지 마라, 사고 치지 마라, 숙제 잘해라, 그 소리가 그 소리 같은 잔소리 속에서 아이들은 하루하루를 삽니다. 견뎌갑니다. 아니, 시들어갑니다. 그렇지만 이 시 에 나오는 아빠의 부탁은 얼마나 신선하고 아름답고 속내 깊은 부탁이고 가르침입니 까? 그래도 이런 아버지들이 더러 있어서 이 땅은 아주 망하지 않는 것이라고 생각합 니다. 아니, 이 땅의 아이들이 잘 자라난다고 생각합니다. 시인 아버지의 부탁을 좀 들 어보세요. 첫째가 관찰을 잘하는 사람이 되라는 것이고 도시락을 안 싸 온 친구를 살 펴서 그 친구와 도시락을 나누어 먹으라는 부탁입니다. 이 얼마나 거룩한 부탁입니까!

엄마 걱정

기형도

열무 삼십 단을 이고
시장에 간 우리 엄마
안 오시네, 해는 시든 지 오래
나는 찬밥처럼 방에 담겨
아무리 천천히 숙제를 해도
엄마 안 오시네, 배추잎 같은 발소리 타박타박
안 들리네, 어둡고 무서워
금간 창 틈으로 고요히 빗소리
빈방에 혼자 엎드려 훌쩍거리던

아주 먼 옛날
지금도 내 눈시울을 뜨겁게 하는
그 시절, 내 유년의 윗목

─ 누구나 어린 시절의 기억은 아련하고 새록새록 잊히지 않습니다. 보랏빛으로 물들어 아름다움으로 바뀌기도 합니다. 하지만 이 시인의 어린 시절은 그렇지 않습니다. 마음이 애잔합니다. 아픕니다. 그 중심에 엄마가 있습니다. 엄마는 열무 삼십 단을 머리에 이고 시장에 간 엄마입니다. 생활 전선에서 몸으로 부대끼는 엄마입니다. 예전의 엄마들은 다 그랬었다고 말해서는 안 됩니다. 시인의 엄마만 그러했다고 말해야 합니다. 시 속의 풍경들이 참 마음을 아리게 합니다. 아, 저 아이. 우리이기도 하고 우리 친구이기도 한 저 아이. 찬밥처럼 방에 담겨 엄마가 시장에서 돌아오시기를 기다리며 천천히, 천천히 숙제를 하는 저 아이를 보십시오. 우리는 거의 모두가 저런 아이 시절을 거쳐서 오늘의 어른이 되고 노인이 되었습니다. 오늘날을 사는 우리 어린이들이 마음이 너무 약하다는 것은 매우 섭섭하고도 불행한 일입니다. 피하는 것이 아니고 견디는 것이고 맞서서 이기는 능력이 필요합니다. 그것도 마음의 능력이 필요합니다.

오리 세 마리

나태주

어떻게 알고 찾아왔는지
산골 저수지에 오리 세 마리

저렇게 오리가 세 마리면
짝이 안 맞아 싸우지 않을까?

아니야, 아닐 거야
저 가운데 한 마리는 애기오리

엄마 아빠 사이에 끼어
세 마리가 더욱 정다울 거야.

— 내가 사는 공주의 금학동은 산이 가까운 시골이고 또 가까운 곳에 저수지가 있습니다. 그래서 도로명 주소도 수원지공원길입니다. 길을 따라 올라가다 보면 저수지가 나옵니다. 해마다 보면 거기에 오리들이 와서 새끼를 치고 가지요. 어떤 때 보면 호수에서 오리 세 마리가 놀 때가 있어요. 오리는 짝을 지어 다니기를 좋아하는 새들인데 오늘은 왜 세 마리일까? 궁금할 때가 있고 걱정스러울 때가 있어요. 짝이 맞지 않으면 서로 다투기도 할 것이기 때문이지요. 그런데 여기서 생각을 좀 바꾸면 안 될까요? 분명 세 마리이긴 한데 그 가운데 한 마리는 애기오리라고 말이에요. 그렇게만 생각하면 문제는 아주 쉽게 해결됩니다. 이런 것을 발상의 전환이라고 합니다. 아무리 나쁜 형편이라 해도 그것을 좋은 쪽으로 생각을 바꾸면 좋은 것이 된다는 이야기입니다. 다투는 오리 세 마리에서 정다운 오리 세 마리로 대번에 세상이 바뀌는 것이지요.

기러기 가족

이상국

— 아버지 송지호에서 좀 쉬었다 가요.

— 시베리아는 멀다.

— 아버지 우리는 왜 이렇게 날아야 해요?

— 그런 소리 말아라.
  저 밑에는 날개도 없는 것들이 많단다.

── 기러기네 가족의 대화입니다. 아버지와 아들의 대화입니다. 어린 기러기가 하늘을 날다가 힘에 부쳤던가 봅니다. 송지호라는 호수가 보입니다. 그 송지호라는 호수에서 잠시 쉬었다 가자고 사정을 합니다. 그렇지만 아버지의 대답은 아닙니다. 시베리아가 멀다는 말은 갈 길이 멀다는 뜻입니다. 초반부터 기세를 죽이고 결의를 죽이면안 된다는 타이름이 있습니다. "시베리아는 멀다."가 '우리 인생은 멀다'와 다른 뜻의말이 아닙니다. 인생은 멀고도 고달픈 길입니다. 이런 인생길에 어린 기러기는 이렇게든든한 아버지, 의젓한 아버지가 있어서 좋겠습니다. 아버지란 이런 사람입니다. 위기를 만났을 때 구해주고 실패했을 때 도움을 주는 사람이 아버지입니다. 이런 아버지를 둔 아이는 힘든 인생길에서도 행복할 수 있습니다. 아이는 근본적인 문제를 아버지에게 묻습니다. 왜 기러기는 하늘을 고달프게 날아야만 하는가?《갈매기 조나단》같은성인 동화에서나 나옴직한 질문입니다. 여기에 아버지의 대답은 엉뚱하면서도 정확합니다. "그런 소리 말아라. / 저 밑에는 날개도 없는 것들이 많단다." 날아다니는 기러기인 것을 다행스럽게 여기라는 충고의 말입니다.

엄마하고

박목월

엄마하고 길을 가면
나는
키가 더 커진다.

엄마하고 얘길 하면
나는
말이 술술 나온다.

그리고 엄마하고 자면
나는
자면서도 엄마를 꿈에 보게 된다.

참말이야, 엄마는
내가
자면서도 빙그레
웃는다고 하셨어.

저 여리고 부드러운 것이

— 아이에게 엄마는 어떤 존재일까요? 가장 최초로 만난 사람이자 가장 나중까지 남아 있을 나의 응원자는 아닐까요? 낯선 길을 갈 때도 아이가 서슴없이 편안하게 갈 수 있는 것은 아이 옆에 어머니가 있기 때문입니다. 그런 점에서 아이에게 어머니는 이 세상 모든 것을 합친 만큼 소중한 존재라 하겠습니다. 가끔 길을 갈 때 아이가 매우 자유롭게 길을 가는 것을 봅니다. 그것도 혼자서 말입니다. 그러나 이상하게 생각할 것도 없고 불안하게 여길 일도 아닙니다. 아이와 가장 가까운 곳에 엄마가 있기 때문 이지요. 아이는 엄마가 쳐놓은 보이지 않는 그물망 안에서만 편안하고 자유롭고 안전 합니다. 아, 이것은 얼마나 놀라운 축복이요 고마움이요 은혜입니까! 엄마와 길을 가면 키가 더 커지고 엄마하고 얘길 하면 말이 술술 나오고 엄마 곁에서 자면 꿈속에서도 엄마를 만납니다. 엄마는 진정한 요술쟁이인가 봅니다. 그러기에 유태인 속담에는 이런 말도 있다고 합니다. '신은 이 세상 어디나 자기를 둘 수 없어서 어머니를 대신 두었다.'

엄마가 휴가를 나온다면

정채봉

하늘나라에 가 계시는
엄마가
하루 휴가를 얻어 오신다면
아니 아니 아니 아니
반나절 반시간도 안 된다면
단 5분
그래, 5분만 온대도 나는
원이 없겠다

얼른 엄마 품속에 들어가
엄마와 눈맞춤을 하고
젖가슴을 만지고
그리고 한 번만이라도
엄마!
하고 소리내어 불러보고
숨겨놓은 세상사 중
딱 한 가지 억울했던 그 일을 일러바치고
엉엉 울겠다

— 이번에는 세상에 계신 어머니가 아닙니다. 이 세상에 계시지 않은 어머니이기 때문에 시를 쓴 사람은 그 어머니가 하늘나라에서 휴가 나오기를 기다립니다. 하나의 꿈이요 소원이지요. 그러나 그 소원은 이루어질 수 없는 소원입니다. 그런데도 시인은 그 소원이 이루어지기를 간절히 생각하면서 이루어질 수 없는 소원이 이루어졌을 때의 일들을 생각해봅니다. 하늘나라에 계신 엄마가 꼭 하루만 세상으로 휴가 나오기를 기다리지만 그것이 안 된다면 반나절, 반시간을 꿈꾸고 그것도 안 된다면 딱 5분만 휴가 오시기를 꿈꿉니다. 너무나도 조그만 꿈입니다. 그렇지만 그 꿈은 간절하고 절박한 꿈입니다.

그렇게 엄마가 휴가 나왔을 때 해보고 싶은 일이 또 눈물겹습니다. 그것은 얼른 엄마 품속으로 들어가 엄마와 눈 맞추고 젖가슴을 만지고 한 번이라도 좋으니 엄마! 하고 소리 내어 불러보겠다 했습니다. 이런 걸로 보아 이 시인의 엄마는 아주 일찍 세상을 떠나신 것 같습니다. 시인이 철이 들기도 전 어린 시절에 돌아가신 엄마가 분명합니다. 그런데 아무리 생각해도 궁금한 것은 "딱 한 가지 억울했던 그 일을 일러바치고" 엉엉 소리 내어 울겠다고 했는데 그 억울했던 딱 한 가지 일이 무엇일까요? 이것은 시인만 아는 비밀이겠습니다. 우리의 엄마도 이렇게 소중한 엄마입니다. 엄마가 곁에 계실 때 잘 해드리는 아들딸들이 되었으면 좋겠습니다.

감자

장만영

할머니가 보내셨구나,
이 많은 감자를.
야, 참 알이 굵기도 하다.
아버지 주먹만이나 하구나.

올 같은 가물에
어쩌면 이런 감자가 됐을까?
할머니는 무슨 재주일까?

화롯불에 감자를 구우면
할머니 냄새가 나는 것 같다.
이 저녁 할머니는 무엇을 하고 계실까?
머리털이 허이연
우리 할머니.

할머니가 보내주신 감자는
구워도 먹고 쪄도 먹고
간장에 졸여
두고두고 밥반찬으로 하기도 했다.

— 예전에는 한집에 사는 가족들이 많았습니다. 할머니, 할아버지, 아버지, 어머니, 삼촌, 작은어머니, 고모, 형이나 누나나 동생들. 그래서 가족끼리의 정도 깊었습니다. 특히 할아버지와 할머니. 아버지의 어머니, 아버지 되시는 분들이지요. 그래서 아버지 처럼은 무섭거나 어렵지 않습니다. 손자와 할아버지와 할머니는 사이가 좋은 관계이 지요. 자라서 어른이 되어서도 늘 그립고 고마운 어른들이십니다. 도시에서 사는 손자 네 집에 시골서 사는 할머니가 감자를 선물로 보내주셨군요. 고마워하는 손자의 마음, 할머니를 생각하는 손자의 마음이 잘 들어 있군요. 할머니도 착하시고 손자도 착합니 다. 할머니가 보내주신 감자는 시장에서 사온 감자와는 다른 감자입니다. 할머니표 감 자입니다. 그래서 화롯불에 구워도 할머니 냄새가 나는 것 같습니다. 할머니 생각을 하면서 아껴 먹어야겠다는 생각이 일어납니다. 그야말로 이것은 그리운 마음입니다. 그리운 마음이 세상을 아름답게 만듭니다. 시를 쓰게도 하고 먼 것을 꿈꾸게도 합니 다. 그리운 마음이 있다는 것은 자기 마음이 아름답다는 말이나 다름이 아닙니다.

아버지의 마음

김현승

바쁜 사람들도
굳센 사람들도
바람과 같던 사람들도
집에 돌아오면 아버지가 된다.

어린것들을 위하여
난로에 불을 피우고
그네에 작은 못을 박는 아버지가 된다.

저녁 바람에 문을 닫고
낙엽을 줍는 아버지가 된다.

세상이 시끄러우면
줄에 앉은 참새의 마음으로
아버지는 어린 것들의 앞날을 생각한다.
어린것들은 아버지의 나라다-아버지의 동포다.

저여리고 부드러운 것이

아버지의 눈에는 눈물이 보이지 않으나
아버지가 마시는 술에는 항상
보이지 않는 눈물이 절반이다.
아버지는 가장 외로운 사람이다.
아버지는 비록 영웅이 될 수도 있지만……

폭탄을 만드는 사람도
감옥을 지키는 사람도
술가게의 문을 닫는 사람도

집에 돌아오면 아버지가 된다.
아버지의 때는 항상 씻김을 받는다.
어린것들이 간직한 그 깨끗한 피로……

— 세상의 모든 아버지들의 마음에 대해서 쓴 글입니다. 아버지한테 있어서 자식들은 자기가 가진 가장 좋은 것을 주고 싶은 사람입니다. 언제까지고 자식을 위해 힘든 일을 마다하지 않고 해주실 분이 아버지입니다. 어머니가 섬세하고 부드럽고 편안한 어버이라면 아버지는 믿음직하고 조금은 어렵고 힘든 어버이입니다. 작은 일, 쉬운 일, 가까운 일은 어머니가 해주시지만 거친 일, 힘든 일, 큰일은 아버지가 해주시어야 합니다. 평소에는 있는 듯 없는 듯 있다가도 언제든지 위기가 발생하면 나타나 어려운 일을 해결해주어야 할 사람이 아버지입니다. 구원의 투수요, 흑기사 역할을 맡는 분이 아버지입니다. 그래서 아버지는 외롭고 쓸쓸합니다. 얼굴에 표정이 없습니다. 아버지와 함께 사는 가족들은 아버지가 세운 공화국의 시민입니다. 동시에 아버지도 그 공화국의 시민입니다. 세상에 아버지가 계시다는 것. 아버지란 이름을 가진 남자 어른이 있다는 것. 그것은 그 사실 하나만으로도 믿음직하고 고마운 일입니다. 아버지여. 세상의 모든 아버지들이시여! 용기를 잃지 마십시오. 힘을 내십시오. 우리는 당신이 필요합니다. 당신은 우리의 진정한 보호자이며 가장 미더운 인생의 동료이며 동행이십니다.

그냥

문삼석

엄만
내가 왜 좋아?

— 그냥…….

넌 왜
엄마가 좋아?

— 그냥…….

저 여리고 부드러운 것이

— 요즘 시를 읽는 독자들로부터 가장 사랑받는 작품 가운데 한 편이 이 작품입니다. 왜 그럴까요? 우선 작품이 단출하고 쉬워요. 그리고 내용도 깊고 울림이 있어요. 작은 그릇에 담긴 조그만 내용인데 향기가 진하다는 이야기이지요. 시는 될수록 짧고 단순한 문장 형식이에요. 그건 옛날부터 그랬어요. 그런데 요즘 와서 그것이 변해서 길어지고 복잡해진 거예요. 안 될 일이지요. 다시 본래대로 돌려놓아야 해요. 그럴 때 꼭 필요한 작품이 이런 작품이에요. 지은이는 초등학교 선생님을 오래 하신 분이에요. 그래서 초등학교 아이들의 어법을 알고 또 그것을 잘 사용할 줄 아시는 분이에요. 그래서 이렇게 좋은 시가 나왔어요. 시란 어린아이 말투로 하는 짧은 문장이에요. 그런 점에서 아이들이 하는 말은 모두가 시이기도 해요. 엄마와 아기의 대화. 쉽군요. 서로 좋아하는 사이. 세상에서 가장 좋은 사이. 왜 좋은 거냐고 물어요. 아이가 먼저 묻지요. 엄마는 왜 나를 좋아하느냐고. 그러자 대답이 '그냥'이에요. 그러자 엄마가 또 물어요. 아이도 엄마한테 배운 대로 '그냥'이라고 대답해요. '그냥' 아름다운 세계, '그냥' 좋은 세상입니다. '그냥' 고즈넉하고 '그냥' 따뜻한 세계입니다. '그냥'이란 말이 이렇게도 큰 울림을 갖습니다. 멀리까지 향기가 되어 번져갑니다.

먼 길

윤석중

아기가 잠드는 걸
보고 가려고
아빠는 머리맡에
앉아 계시고,

아빠가 가시는 걸
보고 자려고
아기는 말똥말똥
잠을 안 자고.

— 이번에는 아빠와 아기가 만들어내는 그림입니다. 실력 있는 화가가 슬쩍 그린 그림 같군요. 그렇습니다. 몇 개의 선으로 그린 크로키. 그렇지만 나타낼 것은 하나도 빠트리지 않고 그린 그림입니다. 시의 표현 기법 가운데 기본이 되는 것은 '반복, 병치, 변용'이라고 나는 이야기합니다. 그런 기법이 이 시에 잘 나타나 있습니다. 반복은 같은 말을 되풀이하는 것이고, 병치는 비슷한 말을 그 자리에 놓는 것이고, 변용은 전혀 다른 말을 가져오는 것입니다. 위의 시를 한 번 눈여겨보시기 바랍니다.

아기가 잠 드는 걸 — 아빠가(병치) 가시는(병치) 걸(반복)
보고 가려고 — 보고(반복) 자려고(병치)
아빠는 머리맡에 — 아기는(병치) 말똥말똥(변용)
앉아 계시고 — 잠을 안 자고.(병치 또는 변용)

그림은 아니지만 그림을 보는 것 같습니다. 선명하고도 예쁜 사진 한 장을 들여다보는 것 같은 마음입니다. 이 시에 엄마는 없다고요? 있습니다. 아기 뒤에 엄마가 있습니다. 글 뒤에 숨어 계시지요. 아기와 아빠가 그렇게 하는 걸 보고 행복해하는 엄마, 웃고 있는 엄마가 있습니다. 이런 걸 우리는 완전한 가정이라고 말합니다.

아빠 손

이종택

회사에서 밤샘하신
아빠가
새벽에
돌아오셨다.

부석부석해진
아빠의
얼굴.

"애 많이 쓰셨지요?"

어머니의 얼굴도
부석부석.

저 여리고 부드러운 것이

"당신도 야근한 사람 같구려."

아빠가
두 팔을 뻗어
엄마 손 한쪽,
내 손 한쪽 잡으신다.

아빠 손이
참
따스하다.

─ 이제는 아기가 많이 자랐군요. 그렇습니다. 이제는 아기가 아니라 아이입니다. 학교에 다니기도 하고 친구들과 어울려 놀기도 하는 아이입니다. 그런 아이가 본 어느 날의 엄마 아빠의 삶이군요. 아빠의 삶도 건강하고 엄마의 삶도 건강합니다. 아빠가 회사에서 밤샘으로 일을 하고 새벽에 돌아오셨군요. 밤샘으로 일을 하는 아빠를 생각하여 식구들이 잠을 못 잤습니다. 자다 깨다 했겠지요. 드디어 아빠가 집으로 돌아왔습니다. 부석부석해진 아빠의 얼굴. 엄마가 맞으면서 인사합니다. "애 많이 쓰셨지요?" 라고 말하는 엄마의 얼굴도 부석부석합니다. 잠을 설쳤기 때문입니다. 아빠가 대답합니다. "당신도 야근한 사람 같구려." 아, 이런 대답에 엄마는 왈칵 눈물이 나려고 하는 걸 간신히 참습니다. 바로 이것이 감동이고 공감이고 또 진정한 소통입니다. 아름답군요. 더는 말이 필요 없겠어요. 이런 부모님 옆에 아이가 있습니다. 그냥 보고 배웁니다. 그냥 몸으로 마음으로 배웁니다. 아빠가, 야근하고 돌아온 아빠가 팔을 뻗어 엄마 손을 잡고 아이의 손을 잡습니다. 아빠의 손이 따스합니다. 인간의 손입니다. 믿음의 손입니다. 약속의 손입니다. 끝내 사랑의 손입니다. 아이가 어떤 사람으로 자랐을까요? 물어볼 것도 없지요. 아빠 같은, 아빠를 닮은 어른으로 자랐겠지요. 이런 걸 부전자전이라고 합니다.

어느 날 오후

노원호

혼자서 빈집을
지키고 있는 날
어쩐지 마음 한쪽
이상해진다.

두 손으로 꼭꼭
눌러 보지만
뭔지도 모르게
울컥해진 마음

어쩌다 마주친
어머니 사진이
오늘 따라 더욱더
가깝게 보인다.

── 집 안에 아무도 없는 날이군요. 그래서 빈집이 되었군요. 아니지요. 아주 빈집
은 아니지요. 나 혼자 있는 집이지요. 그렇지만 내 마음이 비어 있는 것처럼 느껴지는
집이지요. 나 혼자뿐. 텅 비어 있는 집. 나 한 사람 이외에는 아무런 소리도 없고 아무
런 자취도 없는 집. 기분이 이상합니다. 모든 것이 이상하게 보입니다. 가족들이 함께
있을 때처럼 그렇게 보이지 않는다는 말입니다. 사람은 이렇게 감정에 따라 변하는 생
명체입니다. 주변 환경에도 아주 쉽게 영향을 받는 생명체이기도 하고요. 이상해진 마
음으로 이상해진 행동을 합니다. 마음은 행동을 낳습니다. 그렇게 우리들의 마음이나
생각이 중요한 것입니다. 두 손으로 자기의 몸을 꾹꾹 눌러봅니다. 무언지는 모르겠는
데 울컥해지는 마음이 있습니다. 이 '울컥'이란 것이 우리 한국인들에게는 중요합니
다. 이 울컥하는 마음이 시를 쓰게 하고 그림을 그리게 하고 여행을 떠나게 하고 영화
를 보게 하고 음악을 듣게 합니다. 우리는 이 울컥하는 마음을 잘 달래면서 살아야 합
니다. 아닙니다. 이 울컥하는 마음을 잘 이용하면서 살아야 합니다. 오늘날 우리의 한
류문화도 이 울컥하는 마음에서 나왔다고 합니다. 빈집 같은 집에서 나 혼자 마주친
어머니 사진. 다른 날보다 더욱 가깝게 보이는 건 하나의 발견이기도 합니다.

삼베 치마 3

권정생

밭고랑에서
흙이 더북 묻었다.

시냇물에 좔좔
빨아 널었다.

소낙비 그치고
하늘에 무지개
삼베 치마 주름마다
무지개 폈다.

엄마는 거둬 입고
또 들로 가신다.

삼베 치마
바쁜 치마.

— 이번에는 일하시는 엄마입니다. 시골에 살면서 밭일도 하고 들일도 하시는 엄마입니다. 일하는 엄마는 바빠요. 힘들어요. 들판에 일감이 널려 있기 때문이지요. 그래서 옷이나 몸에 흙이 묻는 걸 살필 틈도 없지요. 밭고랑에서 열심히 일하다가 그만 치마에 흙이 더부룩하게 묻었군요. 엄마의 치마는 삼베로 만든 치마. 삼베는 풀대에서 얻은 실로 만든 옷감이에요. 모시와 비슷한 옷감이지만 올이 굵어요. 그런 삼베로 지은 옷은 막 입기에 좋아요. 그 말은 편안하게 입어도 좋다는 말이에요. 일하는 엄마가 입은 치마. 삼베 치마. 삼베 치마는 씩씩해요. 부지런해요. 건강해요. 엄마는 그만 밭고랑에서 일을 하다가 흙이 묻는 삼베 치마를 벗어서 시냇물에 촬촬 빨아 널었어요. 역시 씩씩하고 건강하군요. 자연이 깨끗하니 사람도 깨끗합니다. 촬촬 소리 내면서 흐르는 시냇물에 촬촬 시냇물 소리를 내면서 치마를 빠는 엄마를 생각해보세요. 엄마는 소낙비가 내리고 무지개가 피어오른 뒤 해가 나자 다시 들로 일하러 나가십니다. 그때 빨랫줄에 걸린 삼베 치마를 거둬 입고 가십니다. 아직 물기도 마르지 않은 치마입니다. 들판에서 일감이 기다리고 있기 때문에 어쩔 수 없는 일이에요. 건강한 엄마. 바쁜 엄마. 건강한 치마. 바쁜 치마. 삼베 치마. 이제는 엄마가 치마이고 치마가 엄마입니다. 치마의 주름 주름마다 무지개가 떠서 눈부신 삼베 치마입니다.

흔들리는 마음

임길택

공부를 않고
놀기만 한다고
아버지한테 매를 맞았다.

잠을 자려는데
아버지가 슬그머니
문을 열고 들어왔다.

자는 척
눈을 감고 있으니
아버지가
내 눈물을 닦아 주었다.

미워서
말도 안 할려고 했는데
맘이 자꾸만 흔들렸다.

— 같은 부모라 해도 어머니에 비해 아버지는 엄하고 어려운 부모입니다. 집집마다 부모 가운데 자식들에게 악역을 맡는 부모가 있는데 주로 아버지가 악역을 맡도록 되어 있지요. 그래서 옛날 말에도 '엄부자모'란 말이 있었습니다. 이 말은 '엄하고 무서운 아버지와 사랑스럽고 부드러운 어머니'란 뜻입니다. 역시 이 글에도 엄하고 무서운 아버지입니다. 공부에 게으르고 놀이에만 열심이라고 아버지에게 꾸중을 들은 날입니다. 아버지가 밉고 서운합니다. 토라진 마음이지요. 잠이나 자려고 방으로 들어가 누웠는데 아버지가 방문을 열고 들어오셨습니다. 아이가 자는 척하고 능청을 떨고 있는데 아이의 눈에서 눈물이 흘러내립니다. 그 눈물을 아버지가 보시고 닦아줍니다. 아이의 섭섭한 마음을 아버지가 아시는 것이지요. 이것은 아버지가 아들에게 행동으로 보이는 사과이지요. 그래서 아이의 마음이 흔들립니다. 미워서 말도 하지 않고 대꾸도 하지 않으려 했는데 자꾸만 흔들립니다. 이게 사람의 마음입니다. 이다음에 아버지와 아들은 어떻게 되었을까요? 더욱 사이좋은 아버지와 아들이 되었을 것입니다. 아이는 공부도 열심히 하고 아버지 말씀도 잘 듣는 아이가 되었을 것입니다.

엄마 마중

조장희

장에 간 엄마를
기다리다가
나루턱 물가에서
수제비 뜬다.

하나 둘 셋 넷…

일곱 방울 뜨며는
엄마가 온다,
다음 배에 엄마가 온다.

…넷 다섯 여섯 일곱.

일곱 방울 떴는데
엄마는 없다,
이번 배도 엄마는 없다.

다시
…여섯 일곱 여덟 아홉.

아홉 방울 떴어도
엄마가 없다,
이번 배도 엄마가 없다.

저여리고 부드러운 것이

골라놓은 조약돌
흩어버리고
나루턱 등지고
모래성 싼다.

모래성 크게 쌓면
엄마가 온다,
다음 배에 엄마가 온다.

— 거 우리 돌이 아이가?

커다란 모래성
반도 못 쌓서
아, 엄마가 왔다.
이번 배에 엄마가 내린다.

— 엄마가 시장에 가신 날입니다. 섬마을에서 사는 아이인가 봅니다. 엄마가 시장 일을 보고 배를 타고 돌아온다고 했습니다. 그래서 아이는 배가 오는 곳, 나루터에서 엄마를 기다립니다. 그곳은 모래가 있고 물이 있는 곳입니다. 먼저 아이는 돌멩이를 주워 물수제비뜨는 놀이를 합니다. 물수제비란 돌멩이를 물 위로 비스듬히 던져 돌멩이가 물 위를 미끄러져 가면서 방울방울 자국을 내게 하는 놀이입니다. 물방울이 더 많이 생길수록 재미있는 놀이입니다. 물론 이것은 시골 아이들만 아는 놀이입니다. 아이는 어머니를 기다리는 시간이 지루해서 물수제비뜨는 놀이를 합니다. 여러 차례 물수제비뜨는 놀이를 했는데도 엄마가 안 오십니다. 장꾼들이 타고 오는 배에 엄마가 없는 것입니다. 이번에는 물수제비뜨기를 하려고 모아두었던 조약돌을 흩어버리고 모래성을 쌓습니다. 모래성을 될수록 크게 쌓으면 엄마가 올 것만 같습니다. 그때 낯익은 목소리가 등 뒤에서 들립니다. "거 우리 돌이 아이가?" 아이 이름이 돌이인가 봅니다. 엄마는 아이를 등만 보고서도 대번에 알 수 있습니다. 돌이도 엄마 목소리를 듣고서 대번에 엄마인 것을 알아챕니다. 그러기에 엄마와 아들입니다.

엄마가 아플 때

정두리

조용하다
빈집 같다

강아지 밥도 챙겨 먹이고
바람이 떨군
빨래도 개켜놓아 두고

내가 할 일이 뭐가 또 있나

엄마가 아플 때
나는 철든 아이가 된다

철든 만큼 기운없는
아이가 된다.

— 엄마는 집안에서 가장 부지런한 사람이고 가장 건강한 사람이고 일을 많이 하는 사람입니다. 그런 엄마가 아프다니 말이 안 되는 일입니다. 그런데 정말로 아픈 걸 어쩝니까. 이럴 땐 아이가 엄마 일을 대신해야 합니다. 하고 싶어서 하는 일이 아닙니다. 어쩔 수 없이 하는 일입니다. 아이는 엄마가 얼마나 수고를 많이 하시는 분인가를 알게 됩니다. 마음속으로 철이 든 아이가 됩니다. 철이 든다는 것은 좋은 일이지만 그만큼 어른스러워진다는 것이고 어린이답지 못하다는 말에 다름이 아닙니다. 조금은 슬픈 마음이 생깁니다. 섭섭한 마음입니다. 아이는 점점 기운을 잃어갑니다. 엄마가 다시 건강한 엄마가 되셔야겠습니다. 그럴 때 아이는 다시 예전의 그 조금쯤 철이 안 든 아이다운 아이로 돌아올 것입니다. 아이는 엄마에 대한 고마움을 새롭게 배웁니다. 엄마 고마워요. 엄마가 아픈 날에 배우게 되는 또 하나의 공부입니다.

우리 집

박남수

큰길로 가다가
작은 길로 접어들면,
숨 막히는 좁은 골목에
숨이 막히는 집이 있습니다.

높은 집이 가로막혀
납작 눌려 코가 눌린
코납작이 동네에
코납작이 집이 있습니다.

그래도 못 찾으시겠으면
쫄망쫄망 조롱박 형제가 많아서
늘 엄마 목소리가 큰 집만 물으시면,
— 거기가 우리 집이죠.

저 여리고 부드러운 것이

— 아이가 사는 집은 작은 집입니다. 주변의 집들도 올망졸망 작은 집들입니다. 가난한 동네. 예전엔 이런 동네를 달동네라 했습니다. 이름은 예쁜데 마음은 슬픈 동네입니다. 시인의 표현이 재미있습니다. 높은 집에 가로막혀 납작 코가 눌린 '코납작이 동네'라 했습니다. 그런 동네에 또 '코납작이 집'이라 했습니다. 그런데도 못 찾으면 형제가 많아 엄마 목소리가 유난히 크게 들리는 집이 자기네 집이라 했습니다. 아이는 자기 동네와 자기 집에 대해서 자랑스러워하는 것까지는 아니지만, 별로 부끄러워하거나 숨기고 싶어 하지는 않는 것 같습니다. 씩씩한 아이입니다. 마음이 바른 아이입니다. 당당한 아이입니다. 건강한 아이입니다. 이런 아이가 이다음에도 자라면 좋은 사람, 훌륭한 사람, 일 잘하는 사람이 될 것입니다. 남을 위해주고 자기도 존중하는 좋은 어른이 될 것입니다. 이런 사람을 자존감이 높은 사람이라고 말합니다. 자존감은 스스로 자기를 높이고 사랑하는 마음입니다.

우산 속

문삼석

우산 속은
엄마 품 속 같아요.

빗방울들도
들어오고 싶어

두두두두
야단이지요.

　── 매우 단순 명쾌한 시입니다. 그러나 역시 귀엽고 재미있는 시입니다. 시는 무엇을 무엇에 비교해서 표현하는 글이고 무엇을 또 다른 무엇으로 바꾸어 표현하는 글입니다. 이 글에서는 빗방울을 아기로 표현했군요. 그리고 우산 속을 엄마 품속으로 표현했군요. 이런 표현을 비유라고 말합니다. 그러나 시를 읽을 때나 쓸 때 이것은 비유다, 아니다 생각하면서 할 필요는 없습니다. 시를 읽거나 쓰는 동안에 저절로 알게 되는 것이 바로 이런 것들이지요. 어쨌든 재밌잖아요. 그냥 '비 오는 날 빗방울이 우산 속으로 들어오고 싶어 해요. 두두두두 우산 위에서 소리를 내요.'라고만 쓰면 싱겁잖아요. 싱겁다는 건 실감이 안 난다는 말이에요. 실지의 감정, 현장감이 안 난다는 말이기도 하지요. 귀여운 시를 읽으면서 우리들 마음도 잠시 귀여운 세계에 빠져봅니다. 우산 속을 엄마 품속으로 보고 빗방울을 아기로 보는 세상이 얼마나 귀엽고 사랑스럽습니까!

이사

이성선

겨울이 지나자 새들은 짐을 싸고
다시 하늘로 떴다
사람 없는 쪽으로 더 추운 쪽으로

엄마는 앞에 아빠는 뒤에
새끼는 가운데

하늘에 뿌려진 악보들
저녁놀이 그 앞에 길을 쓸어준다

저 여리고 부드러운 것이

　— 겨울이 지나고 봄이 오자 지금까지 살고 있던 자리를 옮기는 겨울 철새들의 이야기를 담은 시입니다. 철새는 자기에게 맞는 환경을 찾아다니면서 사는 새입니다. 겨울 철새는 물론 겨울철 우리나라의 기후가 적당하여 우리나라로 찾아와 사는 새들입니다. 시인이 살던 고장이 강원도 속초입니다. 아마도 그 부근에 철새들이 와서 사는 호수가 있었던가 봅니다. 겨울 동안 잘 살던 철새들이 봄을 맞아 어느 날 이사를 갑니다. 사람들처럼 이사를 갑니다. 가족 단위의 이사입니다. 엄마는 앞에서 날고 아빠는 뒤에서 날고 새끼는 가운데에서 납니다. 실지로 그렇지 않더라도 시인이 그렇게 본 것입니다. 어디로 가는 걸까요? 우리나라의 봄보다 시원한 나라로 찾아가는 새들입니다. 그걸 시인은 또 다른 눈으로 보았습니다. "사람 없는 쪽으로 더 추운 쪽으로" 간다고. 시인의 상상이지만 무언가 섬뜩한 마음이 있습니다. 자연과 어울려 살고 싶어서 찾아온 새들이 제대로 살지 못하고 떠나는 자연이라면 문제가 있습니다. 만약 그것이 우리가 그들을 괴롭혀서 그런 것이라면 더욱 문제가 있습니다. 이런 새들을 위해서 하늘에는 노을이 번집니다. 하늘의 축복이고 인사입니다. 노을 진 하늘에 날아가는 새들을 시인은 또 "하늘에 뿌려진 악보들"이라고 표현했습니다. 역시 새롭고 아름다운 세상입니다.

3부

성
장

기쁨, 슬픔 그리고 친구

강아지풀에게 인사

나태주

혼자 노는 날

강아지풀한테 가 인사를 한다
안녕!

강아지풀이 사르르
꼬리를 흔든다

너도 혼자서 노는 거니?

다시 사르르
꼬리를 흔든다.

— 강아지풀은 흔한 풀입니다. 주로 길가나 공터에 나지요. 그 꽃이 꼭 강아지 꼬리처럼 생겨서 이름이 강아지풀이에요. 그 꽃을 따서 예전 아이들은 장난을 치면서 놀았어요. 정말로 그 꽃을 따서 손바닥 위에 올려놓고 놀았어요. 강아지를 부를 때면 '요요요요' 하고 불러요. 강아지풀을 손바닥 위에 올려놓고 '요요요요' 하고 부르면 앞으로 와요. 강아지처럼 그러는 거예요. 이러한 기억이 있기에 강아지풀을 보면 정다운 느낌이 들어요. 예전 생각이 나고 어릴 적 생각이 나는 거지요. 혼자예요. 아무도 없어요. 길을 걸어요. 그럴 때 강아지풀을 보았어요. 강아지풀에게 인사를 했어요. 안녕! 강아지풀도 사르르 꼬리를 흔들어요. 마치 강아지처럼 말이에요. 다른 날 같으면 그런 일이 없어요. 혼자 노는 날이기 때문에 있을 수 있는 일이에요. 이제는 강아지풀이 친구가 되었어요. 강아지풀에게 말을 걸어요. "너도 혼자서 노는 거니?" 그러자 다시 강아지풀이 꼬리를 사르르 흔들어요. 물론 바람이 불어서 그렇게 보인 것이에요. 이렇게 사람은 때로 자연과 친구가 되고 하나가 될 수 있어요. 마음이 그렇게 만들어준 것이지요. 특히 외로운 마음이 말이에요.

낙서

신형건

하얀 페인트로 담벼락을 새로 칠했어.
큼직하게 써놓은 '석이는 바보'를 지우고
'오줌싸개 승호' 위에도 쓱쓱 문지르고
지저분한 낙서들을 신나게, 신나게 지우다가
멈칫 멈추고 말았어.
담벼락 한 귀퉁이, 그 많은 낙서들 틈에
이런 낙서가 끼어 있었거든.

영이가 웃을 땐 아카시아 향내가 난다
난 영이가 참 좋다 하늘만큼 땅만큼

—　귀여운 낙서군요. 나는 초등학교 교사 일을 오랫동안 했습니다. 교감이나 교장
으로 일할 때는 학교 안을 돌아보면서 청소도 하고 낙서도 지우고 그런 일을 많이 했
습니다. 낙서는 나쁜 것이지요. 대개 낙서는 나쁜 말을 쓰고 욕을 쓰고 다른 사람의 험
담을 쓰지요. 그러기에 낙서는 지워야 합니다. 어떤 때는 상스러운 그림을 그리기도
합니다. 그것도 지워야 합니다. 남들이 보지 않도록 하기 위해서지요. 그런데 가끔은
귀여운 낙서도 있지요. 남을 칭찬하는 낙서나 남의 좋은 점을 말하는 낙서지요. 낙서
하는 것은 나쁜 일이지만 낙서한 마음이나 낙서 내용은 나쁘지 않기 때문입니다. 낙서
가운데서도 예쁜 마음을 찾아내고 착한 내용을 찾아낼 줄 아는 마음이 귀하고 아름답
습니다. 어떤 것이든지 한 가지 눈으로만 보지 말고 다른 눈으로도 보았으면 하는 생
각을 해봅니다.

섣달 그믐밤에

강소천

내 열 살이 마지막 가는
섣달 그믐밤.
올해 일기장 마지막 페이지에
남은 이야기를
마저 적는다.

— 아아, 실수투성이
  부끄러운 내 열 살아,
  부디 안녕, 안녕……

인제 날이 새면 새해,
나는 열 하고 새로 한 살.
내 책상 위엔 벌써부터
새 일기장이 놓여 있다.

— 빛내리라, 내 열한 살.
  바르고 참되게,
  그리고 자랑스럽게 살리라.
  내 열한 살.

― 소년의 다짐이 들어 있는 내용입니다. 오늘까지는 열 살입니다. 오늘 밤이 섣달 그믐밤이니까 내일부터는 새로운 해가 시작되어 1월 1일이 됩니다. 그러면 소년은 열한 살이 됩니다. 무언가 달라져야겠다는 각오가 있습니다. 사람은 이런 각오와 결심과 새로운 생각을 해야만 됩니다. 그런 사람이어야만 발전과 변화가 있습니다. 마음이 야무지고 똑똑한 아이입니다. 이렇게 새롭게 새롭게 살려면 무언가 새로운 일을 해야 합니다. 그것이 바로 일기를 쓰는 일입니다. 소년은 묵은 일기장 마지막 페이지에 마지막 일기를 적습니다. 그리고는 새로운 일기장 첫 장에 미리 일기를 적습니다. 참 당당하고 의젓한 아이입니다. 사람은 자기가 계획하고 생각한 일을 전부 실천할 수가 없습니다. 그래도 우리는 계획을 해야 하고 새로운 생각을 해야 합니다. 그러는 과정 속에서 우리가 새롭게 변합니다. 새롭게 태어납니다. 새로워지려고 하고 새로운 결심을 하지 않으면 아무것도 이룰 수 없습니다. 비록 모두 실천이 안 되더라도 끊임없이 계획하고 실천하도록 노력해야 합니다. 이런 말이 있습니다. '콩나물은 물이 스쳐가기만 해도 자란다.' 그건 우리도 그렇습니다. 부디 좋은 계획을 하고 좋은 생각을 하고 내일에 대해 희망을 높게 가져야 할 일입니다.

이제는 그까짓 것

어효선

혼자서 버스 타기도
겁나지 않는다, 이제는.

표시 번호 잘 보고 타고
선 다음에 차례대로 내리고
서두르지 않으면 된다, 그까짓 것.

밤 골목길
혼자서 가도
무섭지 않다, 이제는.

사람은 죄다 나쁜 건 아니다.
꾐에 빠지지 않고,
정신 똑바로 차리면 된다, 그까짓 것.

사나운 개 내달아
컹컹 짖어대도
무서울 것 없다, 이제는.

마주 보지 말고,
뛰지 말고,
천천히 걸으면 된다, 그까짓 것.

선생님이 가르쳐주신 대로
어머니, 아버지가 이르신 대로
그대로만 하면 된다, 모든 일.

자랑스런 열두 살.
자신 있는 열두 살.

— 아이가 한 살 더 자랐군요. 이제는 열두 살 아이입니다. 초등학교 6학년쯤 되는 아이입니다. 지금까지는 부모님이나 선생님 도움으로 모든 일을 해온 아이입니다. 이제는 저 혼자서 저의 일을 해나가야 하는 아이입니다. 그럴 나이가 되었습니다. 이런 걸 독립심, 자립심이라고 합니다. 아이 앞에 혼자서 해야 할 일들이 놓여 있습니다. 아이로서는 버거운 과제입니다. 자 보십시오. 혼자서 버스 탈 때, 혼자서 밤길을 걸을 때, 골목길에서 사나운 개를 만났을 때, 선생님이 가르쳐주신 대로 하고 아버지 어머니가 이르신 대로 하면 됩니다. 당당하게 침착하게 하면 됩니다. 그래서 나는 자랑스러운 열두 살 아이입니다. 자신 있는 열두 살 아이입니다. 그렇습니다. 당당한 아이이고 씩씩한 아이입니다. 오늘의 아이들이 모두 이렇게 자랐으면 좋겠습니다. 아이들이 건강하게 자라는 나라가 진정으로 좋은 나라입니다.

아니다

이정록

채찍 휘두르라고
말 엉덩이가 포동포동한 게 아니다.

번쩍 잡아채라고
토끼 귀가 쫑긋한 게 아니다.

아니다
꿀밤 맞으려고
내 머리가 단단한 게 아니다.

　　— 어린 학생의 항변입니다. 내 머리가 꿀밤 맞기 좋으라고 단단한 것이 아니다. 피식 웃음이 나오면서도 스르르 얼굴이 굳어지는 심각함이 있습니다. 심각한데 웃음이 나오고 웃음이 나오는데 심각한, 이런 세계를 우리는 '해학'이란 이름으로 부릅니다. 그렇습니다. 이 시는 온통 해학으로 이루어진 시입니다. 아이가 동물이 되어서 이야기를 합니다. 처음엔 말이 되었군요. 자기 엉덩이가 포동포동 살이 찐 것은 채찍을 휘두르라고 그런 것이 아니라고요. 그다음은 토끼입니다. 자기 귀가 쫑긋한 것은 번쩍 잡아채라고 그런 것이 아니라고요. 귀엽지만 심각합니다. 말은 단순하지만 심정은 복잡합니다. 이것이 바로 해학이 주는 묘미가 아닌가 싶습니다. '아니다'. 그 제목도 엉뚱한 것 같지만 흥미롭습니다.

달라서 좋은 내 짝꿍

신경림

내 짝꿍은 나와
피부 색깔이 다르다
나는 그 애 커다란 눈이 좋다

내 짝꿍 엄마는 우리 엄마와
말소리가 다르다
나는 그 애 엄마 서투른 우리말이 좋다

내 외가는 서울이지만
내 짝꿍 외가는 먼 베트남이다
마당에서 남십자성이 보인다는

나는 그 애 외가가 부럽다.
고기를 잘 잡는다는 그 애 외삼촌이 부럽고
놓아기른다는 물소가 보고 싶다

그 애 이모는 우리 이모와
입는 옷이 다르다
나는 그 애 이모의 하얀 아오자이가 좋다

— 다문화가정에서 태어난 친구들에 대한 시입니다. 이제는 우리나라도 엄마가 외국인인 아이들이 많은 나라가 되었습니다. 글로벌 시대, 세계화 시대라고 말하는데 이런 점에서도 우리나라가 세계화가 된 증거입니다. 이 시에 나오는 아이는 자기 짝꿍인 다문화가정의 아이에 대해서 매우 호의적인 생각을 지니고 있습니다. 그뿐이 아니라 짝꿍의 엄마에 대한 것들도 좋게 생각하고 있습니다. 서투른 한국말도 좋게 보아주고 있으며 그 애의 외갓집이 있는 베트남에 대해서도 좋게 생각해주고 있습니다. 이렇게 사람은 무언가를 좋게 생각해주기로 마음먹으면 좋은 쪽으로 보아주게 되어 있습니다. 이런 것을 발상의 전환이라고 앞에서도 어딘가에서 말한 일이 있습니다. 이것은 매우 중요한 일입니다. 환경이 나쁘고 힘들수록 더욱 이러한 것은 필요합니다. 세상이 많이 변했습니다. 옛날 것을 지키고 그리워하기도 해야 하지만 새로운 세상에 마음을 맞추어 사는 것도 매우 중요한 일입니다. 세상은 변하게 되어 있습니다. 변하는 세상에 나도 변하게 되어 있습니다.

유리창 닦기

배은숙

빡빡

덜컹덜컹

뽀드득뽀드득,

열심히 유리창을 닦고 있어요.

언니는 빡빡,

오빠는 덜컹덜컹,

떠들며 웃으며 닦아놓은 유리창,

유리창이 없어졌나 깜짝 놀랐죠.

닦을 때는 힘들어도 보기 좋아요.

　— 초등학교 다니는 학생이 직접 쓴 작품입니다. 오래전부터 초등학교 국어 교과서에 실려 있던 작품이기도 합니다. 어린아이답게 소리시늉말(의성어)을 잘 활용해서 시를 썼습니다. 그래서 시가 실감이 납니다. 역동적으로 느껴집니다. 유리창을 닦고 있는 세 아이의 모습이 눈에 보이는 듯합니다. 시를 읽으면서 행동이나 모습을 떠올린다는 건 매우 중요한 일입니다. 시의 장점이기도 합니다. 세 아이의 성격까지도 잘 드러납니다. 언니는 침착한 성격이군요. 오빠는 조금은 과격하고 서두르는 성격입니다. 그런가 하면 나는 꼼꼼한 성격입니다. 무엇으로 알 수 있을까요? 그것은 '빡빡, 덜컹덜컹, 뽀드득뽀드득' 하는 의성어가 잘 나타내주고 있습니다. 후반부에 나오는 "유리창이 없어졌나 깜짝 놀랐죠." 이 문장은 읽는 이로서도 놀라운 대목입니다. 늘 나는 시에서 중요한 것이 발견이라고 하는데 이것이야말로 하나의 발견 수준입니다. 그래서 마지막으로 지은이의 감탄이 나옵니다. "닦을 때는 힘들어도 보기 좋아요." 어찌 그것이 유리창 닦기만 그럴까요.

다르게 크는 어린이

송근영

코가 큰 어린이는
코가 커서 귀엽고

눈이 작은 어린이는
눈이 작아서 귀엽다.

이 빠진 어린이는
이가 빠져서 예쁘고

왼쪽 오른쪽 신을
바꿔 신은 어린이는
신기해서 예쁘다.

서로
다르게
커나가는 어린이

누가 누가 잘하나?
기죽이지 말고
모두 모두 잘 하자.

용기를 주어
밝게 곧게
무럭무럭
자라게 하자.

— 초등학교 교장 선생님의 훈화 내용 같은 시입니다. 정말로 이 시는 초등학교 교장 선생님으로 오래 근무한 분의 글입니다. 그러면서 시 쓰기를 좋아하셨지요, 내가 교사 시절 이분을 교장으로 모시고 근무한 적이 있었으니까 잘 아는 일입니다. 글쓰기를 늦게 시작하셨지요. 글 가운데서도 동시입니다. 동시는 어른이 쓴 시면서 어린이 독자를 대상으로 쓰는 시입니다. 그러므로 어른의 마음과 어린이의 마음이 같이 들어간 시라고 해야 합니다. 시인은 지금 어린이를 어떻게 보아야 하는가에 대해서 힘주어 말하고 있습니다. 모든 어린이를 그 자신의 생김대로 보아야 한다고 말하고 있습니다. 저 나름대로 특징에 따라 보아주고 평가해주어야 한다고 말하고 있습니다. 일테면 상대적 평가가 아니고 절대적 평가입니다. 사랑하는 마음으로 보면 모든 어린아이들은 예쁩니다. 귀엽습니다. 사랑스럽습니다. 바로 이것입니다. 모두가 가치가 있다는 것. 저 나름대로 예쁘고 좋다는 것. 그래서 세상은 다시 한 번 공평한 세상이 됩니다. 정말로 이제는 누가 누가 잘 하나로 한 줄로 세우는 교육은 안 됩니다. 제 모양 그대로 잘한다가 되어야 합니다. 서로 다르게 자라는 아이들을 축복해주어야 합니다. '나처럼 해봐라 이렇게'에서 '너처럼 해봐라 그렇게'로 바꾸어야 한다고 봅니다.

내가 아플 때

이해인

내가 아플 때
내 이마를 짚어 보는 엄마의 손은
내가 안 아플 때 만져 보던
엄마의 손보다
몇 배나 더 부드럽고 따스해서
나는 금세 눈물이 핑 돕니다.

내가 아플 때
유리창으로 내다보는
조그만 크기의 하늘은
내가 안 아플 때
마음놓고 올려다본 하늘보다
몇 배나 더 푸르고 아름다워서
나는 금세 울어 버릴 것만 같습니다.

내가 아플 때는
후회되는 일들도 많습니다.
이제 다시 학교에 가면
조그만 일로 말다툼했던
나의 짝 현아에게
제일 먼저 달려가서
활짝 핀 웃음을 선물하겠습니다.

맨손 체조 할 때엔
내 하얀 두 팔을
나무처럼 더 높이
하늘로 뻗쳐올리겠습니다.

— 사람에겐 이성적인 면이 있는 반면, 감성적인 면도 있습니다. 오히려 감성적인 면이 더 강할지도 모릅니다. 행복을 느끼고 불행을 느끼는 것도 모두가 감성이 시켜서 하는 일입니다. 이 시 속의 주인공은 지금 몸이 아픈 사람입니다. 몸이 건강할 때와 달리 몸이 아프면 사람의 마음이 달라집니다. 생각이 달라집니다. 강한 마음이 약해진다고 그럴까요. 아니면 새로워진다고 그럴까요. 몸이 아플 때 내 머리를 짚어주는 엄마의 손은 내가 아프지 않을 때 잡아보던 엄마의 손과는 너무나도 다른 손입니다. 더욱 따스하고 부드러운 손이라는 것입니다. 그런가 하면 누워서 바라보는 하늘은 건강할 때 보던 하늘과 너무나도 다르게 보여서 놀랍습니다. 몇 배나 푸르고 아름다워서 금세 울음을 터뜨릴 것 같기도 합니다. 하나의 고백이지요. 이러한 새로운 생각과 느낌은 지금까지의 일들을 돌아보게 하고 또 반성하게도 합니다. 후회되는 일들이 많습니다. 무엇보다도 친구와 말다툼하고 사과하지 않은 일이 마음에 걸립니다. 몸이 좋아지면 학교에 나가 무엇보다도 그 친구에게 사과를 할 것입니다. 몸이 아픈 것은 그냥 몸이 아프기만 한 것은 아닙니다. 몸이 아픈 것과 함께 마음을 새롭게 바꾸어놓았습니다. 마음이 자랐습니다. 마음이 좋아졌습니다. 아픈 것은 결코 손해 본 일이 아닙니다. 나를 조금 더 자라게 해주었기 때문입니다.

꽃씨

최계락

꽃씨 속에는
파아란 잎이 하늘거린다.

꽃씨 속에는
빠알가니 꽃도 피어 있고,

꽃씨 속에는
노오란 나비 떼도 숨어 있다.

── 신비한 세계를 담은 시입니다. 조그만 꽃씨 하나 속에 온 세상이 들었음을 말하는 시입니다. 큰 것 속의 작은 것이 아니라, 작은 것 속의 큰 것입니다. 그래서 신비한 것이고 발견이 되는 것이고 또 축복이 되는 것입니다. 다만 이것은 꽃씨의 문제만 그런 것이 아닙니다. 사람의 일생을 두고서도 그렇습니다. 작은 아기가 자라서 어른이 되고 나중에는 노인이 됩니다. 그러기에 영국의 워즈워스 같은 시인은 '무지개'를 노래한 시에서 '어린이는 어른의 아버지'라고까지 표현했습니다. 시인의 날카롭고도 놀라운 눈을 보십시오. 하나의 작은 꽃씨 속에서 "파아란 잎"을 보아내고 "빠알가니 꽃"도 보아냅니다. 그뿐이 아닙니다. "노오란 나비 떼"도 읽어냅니다. 여기에 없는 것, 현실적으로는 없는 것을 보아내는 눈, 그것은 지혜의 눈이라고 해야 할 것입니다.

나무

이창건

봄비 맞고
새순 트고

여름비 맞고
몸집 크고

가을비 맞고
생각에 잠긴다.

나무는
나처럼

　── 단순하고 명료한 작품입니다. 나무 그리고 나. 그 둘이 하나입니다. 이것을 물
아일체라고도 말하지요. 너와 내가 둘이 아니라는 생각이 그것입니다. 시인이 시를 쓸
때는 자기가 보고 듣고 하는 모든 것을 자기라고 생각할 때가 있습니다. 이런 때 감정
이입이 잘 됩니다. 감정이입이란 내 감정을 그 무엇인가에 집어넣어 느끼고 생각하는
것을 말합니다. 그래서 그 무엇의 마음을 읽어내고 느낌을 받아내지요. 하지만 그것은
그 '무엇의 것'이 아니라 '내 것'입니다. 내 마음을 그 무엇의 것인 것처럼 받아들이는
것이지요. 시인은 나무를 통해서 1년을 함께 보고 있습니다. 봄, 여름, 가을, 그리고 겨
울입니다. 그 계절을 통해 내가 나무가 되고 나무가 또 내가 됩니다. 봄비 맞으면 새순
이 트고 여름비 맞으면 몸집이 커지고 가을비 맞으면서 생각에 잠깁니다. 나무가 그런
것이지만 나도 따라서 그렇게 합니다. 아닙니다. 나무가 나처럼 그렇게 합니다. 특히
가을비를 맞고 생각에 잠긴다는 부분이 의인법입니다. 짧고 단순하지만 싱싱한 느낌
이 살아 있는 작품입니다.

맑은 날

손동연

가을은 저 혼자서도
잘 논다.

앞으로 나란히 나란히 줄지어 선 옥수수들에게로
— 어디 보자,
뻐드렁니가 났나
안 났나?

치과의사 같은 햇볕이 찾아가
들여다보기도 하고

심심하면
아무 곳에나 고추잠자리 떼를
풀어 놓기도 한다.

가을은 그렇게
가을끼리 잘 논다.

　— 그야말로 이 작품은 의인법이 가득한 시입니다. 가을을 우선 사람으로 보았습니다. 혼자서도 잘 노는 아이 같은 가을입니다. 가을이 여럿이군요. 여럿인 가을이 서로 잘 어울려서 잘 놀고 있습니다. 옥수수, 가을 햇빛, 잠자리 그런 것들이 서로 어울려 잘 놀고 있습니다. 이런 여러 가지 가을들을 시인이 찬찬히 바라보고 있습니다. 시인은 무슨 일인가를 하는 사람이기보다는 무슨 일이든 열심히, 찬찬히 바라보는 사람입니다. 그것도 정면으로 바라보면 안 됩니다. 사선으로 (비스듬히) 보아야 하고 중심을 보기보다는 둘레를 보아야 합니다. 이런 걸 프랑스의 랭보라는 시인은 '견자'라고 말했습니다. 살피는 사람, 들여다보는 사람, 깨닫는 사람이 바로 시인이란 뜻이겠습니다. 한편의 그림입니다. 그림이지만 움직이는 그림입니다. 그래서 더욱 생동감이 있고 선명하게 느껴집니다. 마음속에 오랫동안 지워지지 않을 그림을 시인은 보여주고 있습니다. 그러기에 시를 '언어로 그린 그림'이라고 말하기도 합니다.

대추 한 알

장석주

저게 저절로 붉어질 리는 없다.
저 안에 태풍 몇 개
저 안에 천둥 몇 개
저 안에 벼락 몇 개

저게 저 혼자 둥글어질 리는 없다.
저 안에 무서리 내리는 몇 밤
저 안에 땡볕 두어 달
저 안에 초승달 몇 낱

— 이 시는 교보문고의 '광화문 글판'에 올랐던 작품입니다. 광화문 글판은 1년에 네 차례 글을 바꾸어 올립니다. 서울 시민은 물론이고 우리나라 사람이면 누구나 관심 있게 보는 글이지요. 장석주 시인의 이 시도 많은 사람으로부터 관심과 인기를 누린 작품입니다. 그만큼 시의 내용이 좋기도 하지만 우리에게 주는 마음(메시지)이 좋기 때문입니다. 그냥 대추 한 알입니다. 가을이 오면 짙은 주황빛으로 익는 가을 열매이지요. 그 대추 한 알을 들여다보면서 시인은 상상을 합니다. 저것, 즉 대추 한 알이 거저 공짜로 익었을 까닭이 없다는 생각에서 나오는 상상입니다. 모든 일이나 물건에는 이유가 있고 까닭이 있게 마련입니다. 그 이유와 까닭을 시인은 나름대로 찾는 것이지요. 분명 저 대추 한 알을 익게 하기 위해서 수고한 것들이 있을 것입니다. 그것을 찾습니다. 태풍 몇 개, 천둥 몇 개, 벼락 몇 개. 세상 모든 일에 원인이 없는 결과는 없습니다. 이런 시를 통해서도 우리는 보다 착하게 살고 싶은 마음을 갖습니다. 아무리 작은 일이라도 함부로 아무렇게 보아서는 안 되겠다는 각오도 하게 됩니다. 서로가 고마운 일입니다.

돌아오는 길

박두진

비비새가 혼자서
앉아 있었다.

마을에서도
숲에서도
멀리 떨어진,
논벌로 지나간
전봇줄 위에,

혼자서 동그마니
앉아 있었다.

한참을 걸어오다
뒤돌아봐도,
그때까지 혼자서
앉아 있었다.

　― 시의 주제가 외로움입니다. 이 시도 오랫동안 초등학교 국어 교과서에 실렸던 작품입니다. 우선 율조가 있는 시입니다. 7.5조입니다. 그러나 최근에는 이 7.5조가 일본의 것이고 우리 것은 3음보라고 해서 이론이 다시 생기기도(정립되기도) 한 일이 있지요. 어쨌든 이 시는 율조가 뚜렷한 작품입니다. 그래서 읽으면 대번에 어떤 노래 같다는 생각이 듭니다. 정형시가 갖는 특징이지요. 그런데도 판에 박힌 느낌이 안 드는 것은 이 시가 워낙 자연스럽게 쓰여서 그런 것입니다. 주인공은 비비새 한 마리입니다. 전봇줄 위에 동그마니 앉아 있는 비비새. 한참을 걸어오다가 뒤돌아봐도 그때까지 앉아 있는 비비새 한 마리. 왜 아이는 그 비비새를 그렇게 유심히 보았을까요? 그것은 제가 외롭기 때문입니다. 제가 혼자이기 때문입니다. 쓸쓸하기 때문입니다. 사람은 이렇게 감정적인 존재요, 자기중심적인 존재입니다. 여기서 비비새는 그냥 비비새가 아닙니다. 아이의 마음을 대신해서 표현해주는 비비새입니다. 역시 비비새와 아이가 하나가 되는 세계를 보여줍니다.

너에게 묻는다

안도현

연탄재 함부로 발로 차지 마라
너는
누구에게 한 번이라도 뜨거운 사람이었느냐

　— 한동안 세상을 떠들썩하게 했던 작품입니다. 겨우 세 줄입니다. 글자 수도 많지 않습니다. 하지만 울림은 큰 시입니다. 첫 문장은 명령문이고 둘째 문장은 의문문입니다. 이렇게 명령문과 의문문은 강한 느낌을 줍니다. 누군가에게 자극을 줍니다. 그렇습니다. 이 시는 읽는 이에게 자극을 줍니다. 호통치고 있는 듯도 싶습니다. 자기반성을 하라고 말합니다. 자기만을 생각하며 살았던 지난날을 돌아보게 합니다. 제목이 '너에게 묻는다'입니다. 그런데도 사람들은 그냥 이 시를 '연탄재'로 기억하고 그렇게 말을 합니다. 연탄재의 인상이 너무나 강력한 탓입니다. 시뻘겋게 불을 피우며 타는 연탄. 다른 것들을 따뜻하게 하고 차디찬 재로 식어버리는 연탄. 시인의 메시지는 분명합니다. 이제는 제 생각만 하며 살 것이 아니라 남의 생각도 하면서 삽시다, 그것입니다. 타인에 대한 배려가 그것입니다. 이제 그런 때가 되었습니다. 독자들이 하도 이 시를 읽고 '연탄재, 연탄재' 하니까 시인은 그 뒤에 새롭게 '연탄재'란 제목으로 시를 한 편 더 썼습니다. 그래서 사람들은 시인을 '연탄재 시인'이라고 부릅니다. 재미있는 표현입니다.

봄길

정호승

길이 끝나는 곳에서도

길이 있다

길이 끝나는 곳에서도

길이 되는 사람이 있다

스스로 봄길이 되어

끝없이 걸어가는 사람이 있다

강물은 흐르다가 멈추고

새들은 날아가 돌아오지 않고

하늘과 땅 사이의 모든 꽃잎은 흩어져도

보라

사랑이 끝난 곳에서도

사랑으로 남아 있는 사람이 있다

스스로 사랑이 되어

한없이 봄길을 걸어가는 사람이 있다

저여리고 부드러운 것이

―― 아름다운 시입니다. 마음을 따뜻하게 해주는 글입니다. 위로가 담겼고 믿음이 담겼고 내일의 소망을 주고 있군요. 글이란 것이 이렇게 무엇인가 우리들 마음을 감싸주고 따스하게 해줄 때 좋은 글이 됩니다. 일종의 덕성이지요. 남을 생각하고 돕는 마음 말입니다. 때로 사람이 살다 보면 막막할 때가 있습니다. 무엇인가 끝이 난 것 같은 때가 있습니다. 그런 때 읽으면 도움을 받겠습니다. '길이 끝나는 곳에서도 / 길이 있다 / 길이 끝나는 곳에서도 / 길이 되는 사람이 있다'. 첫 문장과 둘째 문장부터가 마음에 와 닿습니다. 마음을 차분하게 만들어줍니다. 누군가 옆에서 작은 목소리로 속삭이는 듯합니다. 시의 문장이라는 게 스몰 스텝입니다. 성큼성큼 걷는 걸음이 아니라 조촘조촘 걷는 걸음입니다. 보십시오. 그다음에도 비슷한 말, 비슷한 의미나 이미지를 여러 가지로 계속해서 되풀이해나가지 않습니까. 그래서 끝에 가서는 믿음직한 이웃 하나를 선물합니다. '스스로 사랑이 되어 / 한없이 봄길을 걸어가는 사람이 있다'. 이 사람은 시인 자신이기도 하고 우리이기도 한 그 누구입니다.

흔들리며 피는 꽃

도종환

흔들리지 않고 피는 꽃이 어디 있으랴
이 세상 그 어떤 아름다운 꽃들도
다 흔들리면서 피었나니
흔들리면서 줄기를 곧게 세웠나니
흔들리지 않고 가는 사랑이 어디 있으랴

젖지 않고 피는 꽃이 어디 있으랴
이 세상 그 어떤 빛나는 꽃들도
다 젖으며 젖으며 피었나니
바람과 비에 젖으며 꽃잎 따뜻하게 피웠나니
젖지 않고 가는 삶이 어디 있으랴

　─ 와, 이 시도 많이 유명한 작품입니다. 한 시인의 인생과 문학을 대변해주는 작품이기도 합니다. 고요하지만 힘이 들어 있습니다. 부드럽지만 강단이 들어 있습니다. 삶의 지혜가 번득입니다. 그렇습니다. 시는 우리에게 늘, 어떻게 살 것인가를 묻고 이렇게, 이렇게 살아라 하는 해답을 줍니다. 그렇지 않고서는 좋은 시가 아닙니다. 좋은 인생의 지침과 안내가 아닙니다. 이 작품도 반복과 병치와 변용이 적당히 어우러진 작품입니다. 크게 보아 1연과 2연은 마치 노래의 가사 1, 2절처럼 되어 있습니다. 어쩌면 시인이 노래 가사를 염두에 두고 시를 썼을지도 모릅니다. 흔들리는 꽃과 바람과 비에 젖는 꽃은 우리들 자신입니다. 우리들의 일상입니다. 하지만 시인은 거기서 기죽지 말아야 한다고 이르고 있고, 다시금 고개 들어 일어나야 한다고 말하고 있고, 오히려 그것이 좋을 수도 있다고 말합니다. 통이 큰 마음을 가진 이웃의 통 큰 위로입니다.

사과를 먹으며

함민복

사과를 먹는다

사과나무의 일부를 먹는다

사과꽃에 눈부시던 햇살을 먹는다

사과를 더 푸르게 하던 장마비를 먹는다

사과를 흔들던 소슬바람을 먹는다

사과나무를 감싸던 눈송이를 먹는다

사과 위를 지나던 벌레의 기억을 먹는다

사과나무에서 울던 새소리를 먹는다

사과나무 잎새를 먹는다

사과를 가꾼 사람의 땀방울을 먹는다

사과를 연구한 식물학자의 지식을 먹는다

사과나무 집 딸이 바라보던 하늘을 먹는다

사과에 수액을 공급하던 사과나무 가지를 먹는다

사과나무의 세월, 사과나무 나이테를 먹는다

저 여리고 부드러운 것이

사과를 지탱해 온 사과나무 뿌리를 먹는다

사과의 씨앗을 먹는다

사과나무의 자양분 흙을 먹는다

사과나무의 흙을 붙잡고 있는 지구의 중력을 먹는다

사과나무가 존재할 수 있게 한 우주를 먹는다

   흙으로 빚어진 사과를 먹는다

   흙에서 멀리 도망쳐 보려다

   흙으로 돌아가고마는

사과를 먹는다

사과가 나를 먹는다

― 신선합니다. 푸릅니다. 숨결이 가벼워집니다. 한 개의 사과 속에 들어 있는 온갖 생각과 느낌과 상상을 모두 동원하여 시로 나타냈습니다. 인간의 상상이 이렇게 아름답습니다. 아니 시인의 상상이 이렇게 눈부십니다. 하나의 강물처럼 흐르는 상상의 통로입니다. 분수처럼 부서지는 느낌의 분말입니다. 독자는 그냥 시인의 안내대로 조금씩 조금씩 앞으로 나아가기만 하면 됩니다. 그러면서 느끼기만 하면 됩니다. 의심할 일이 아닙니다. 시를 읽는 방법 가운데는 따지며 읽기와 느끼며 읽기가 있다고 생각합니다. 이 시야말로 느끼며 읽기를 해야만 될 시입니다. 느끼십시오. 그저 느끼기만 하십시오. 그러는 사이 스스로가 변화되는 걸 또 느끼고 알게 될 것입니다. 한 개의 사과가 얼마나 큰 세계를 안고 있는가 하는 걸 알게 될 것입니다. 그렇다면 나는? 나는 더 말할 것도 없이 엄청나게 커다랗고 넓은 세계입니다. 거룩하기까지 한 생명입니다. 끝내 사과와 내가 하나가 되고 우주와 내가 하나가 됩니다. 드디어 융융한 세계가 열립니다. 우주로 가고 세계로 가는 하나의 강물이 흐릅니다. "사과가 나를 먹는다"는 말이 거룩하게 들리는 까닭이 그것입니다.

나 하나 꽃피어

조동화

나 하나 꽃피어
풀밭이 달라지겠느냐고
말하지 말아라.
네가 꽃피고 나도 꽃피면
결국 풀밭이 온통
꽃밭이 되는 것 아니겠느냐.

나 하나 물들어
산이 달라지겠느냐고도
말하지 말아라.
내가 물들고 너도 물들면
결국 온 산이 활활
타오르는 것 아니겠느냐.

── 이 학교 저 학교, 문학강연 갔을 때 자주 만나는 글 가운데 하나가 바로 이 글입니다. 매우 유명한 작품이란 말입니다. 가장 많은 사람들이 좋아하고 선택해주는 글이란 말입니다. 왜 그럴까요? 우선은 글의 내용이 좋아서 그럴 것이고 글의 표현이 아름다워서 그럴 것입니다. 사람들은 자기 마음을 닮은 글을 좋아합니다. 그래서 '저 마음이 내 마음이야' 하면서 감동하기도 합니다. 그렇습니다. 이 글에는 감동이 있습니다. 감동시키는 힘이 들어 있습니다. 이건 또 왜 그럴까요? 진심이 있고 그 마음 바탕이 깨끗하고 착하기 때문입니다. 글도 착한 글이 최고입니다. 아름답기만 하고 착하지 않은 글은 사람 마음을 흐려놓고 세상을 어지럽게 만듭니다. 그래서 나는 말하곤 합니다. 좋은 시를 쓰려면 먼저 착한 마음, 부드러운 마음, 겸손한 마음을 가지라고요. 그런 마음을 가질 때 더욱 가슴 깊숙이 다가와 감동을 주는 글이 바로 이런 글입니다. 그런데 그만 처음 원고를 쓸 때 이 글을 빼놓고 썼지 뭡니까. 시인한테 미안하고 시한테 미안한 일입니다. 고개 숙여 시인에게 인사드립니다. 미안합니다. 그리고, 이렇게 좋은 글 예쁜 글 써주시어 감사합니다.

4부

관찰

깊은 시선으로 세상을 배우다

기린

백석

기린아,
아프리카의 기린아,
너는 키가 크기도 크구나
높다란 다락 같구나,
너는 목이 길기도 길구나
굵다란 장대 같구나.

네 목에 깃발을 달아 보자
붉은 깃발을 달아 보자,
하늘 공중 부는 바람에
깃발이 펄럭이라고,
백 리 밖 먼 데서도
깃발이 보이라고.

— 백석 시인은 한동안 판금 시인이었습니다. 판금 시인이란 그 이름이나 작품을 함부로 말하면 안 되고 작품을 책으로 만들어서 팔아도 안 되는 시인을 말합니다. 판금, 즉 판매 금지란 뜻입니다. 그러나 그 뒤 해금이 이루어져 이제는 마음 놓고 그 작품을 읽을 수 있게 되었지요. 백석 시인은 참 아름다운 시를 쓴 시인으로서 평안북도 출신으로 북한에서 살다가 간 시인입니다. 다만 젊은 시절에 잠시 남한에서 살며 작품 활동도 했지요. 이 시는 그가 북한에서 살 때 쓴 시입니다. 시인의 작품은 크게 둘로 나누어지는데 광복 이전의 작품과 광복 이후의 작품이 그것입니다. 광복 이전의 작품이 순연한 마음에서 쓴 서정시라면 광복 이후의 작품은 북한에서 살면서 북한의 사상과 주장을 담은 시입니다. 북한에서 시를 쓸 때 백석 시인은 주로 동시를 썼고 특별히 동화시란 시 형식을 창안해서 썼습니다. 이 시도 북한에서 살면서 광복 이후에 쓴 동시입니다. 아프리카의 밀림에서 사는 기린을 소재로 했는데 그 내용에는 북한의 사상을 나타낸 듯한 구절이 보입니다. 그것은 두 번째 연의 다음과 같은 구절입니다. "네 목에 깃발을 달아 보자 / 붉은 깃발을 달아 보자. / 하늘 공중 부는 바람에 / 깃발이 펄럭이라고." 그렇지만 우리는 이런 표현을 있는 그대로만 읽어도 좋을 듯합니다. 시는 무언가 의문을 갖고 읽는 글이기보다는 있는 그대로 솔직하게 읽는 글입니다. 이렇게 읽을 때 이 글은 아름다운 글이 될 것입니다.

풀꽃

나태주

자세히 보아야
예쁘다

오래 보아야
사랑스럽다

너도 그렇다.

저 여리고 부드라운 것이

   — 요즘 독자들은 나를 가리켜 '풀꽃 시인'이라고 말합니다. 나의 대표작을 대라면 어김없이 이 시를 댑니다. 이제는 한국 사람 가운데 모르는 사람이 거의 없을 정도로 많이 알려진 작품입니다. 이 작품 하나 때문에 나는 문학 강연을 아주 많이 다니는 사람이 되었습니다. 왜 그럴까요? 그건 이 시가 독자들의 마음에 닿았기 때문입니다. 오늘날 사람들의 삶을 대변해주고 마음의 풍경을 보여주기 때문입니다. 시를 쓴 사람 입장에서는 고마운 일이지만 한편으로 생각하면 불편한 마음이기도 합니다. 왜 이 시가 독자들에게 어필했을까요? 그것은 오늘날을 사는 한국인들의 자존감이 많이 떨어진 탓입니다. 시의 문장을 한 번 들여다보기 바랍니다. "자세히 보아야 / 예쁘다"라고 했으니까 자세히 안 보면 예쁘지 않다는 뜻이 됩니다. 그다음 문장도 마찬가지입니다. 오래 보지 않으면 사랑스럽지 않다는 말이요. 그렇지만 독자들은 마지막 구절에서 다소간 위안을 받고 소망을 갖는다고 합니다. "너도 그렇다." 아, 나도 그렇구나. 나도 예쁘지 않고 사랑스럽지 않지만 자세히 보고 오래만 본다면 예쁘기도 하고 사랑스럽기도 하겠구나. 그래서 안도감을 갖는다고 합니다. 만약에 내가 마지막 구절을 '나만 그렇다'고 썼다면 어찌 되었을까요? 아무도 이 시를 주목하지 않고 기억하지도 않았을 것입니다.

감자꽃

권태응

자주 꽃 핀 건
자주 감자,
파보나 마나
자주 감자.

하얀 꽃 핀 건
하얀 감자,
파보나 마나
하얀 감자.

저 여리고 부드러운 것이

― 참 뻔한 이야기를 하고 있습니다. 맨숭맨숭하고 심심합니다. 자주 꽃이 핀 감자는 파보나 마나 자주 감자란 말. 누군들 그런 말을 못 할까요? 하얀 꽃 핀 감자도 마찬가지입니다. 그렇지만 이것은 단순한 사실만을 말해주지 않고 생명의 그 어떤 뿌리, 변함없는 어떤 흐름, 또는 진리 같은 것을 말해줍니다. 그래서 이 시는 귀한 시가 됩니다. 우리 속담에 '콩 심은 데 콩 나고 팥 심은 데 팥 난다'란 말도 같은 내용입니다. 그것은 우리도 마찬가지입니다. 누가 뭐래도 우리는 우리 부모님을 닮은 자식입니다. 이것이야말로 영원히 변치 않는 하나의 사실인 것입니다. 함께 읽으면 좋은 시로 박목월 시인의 「송아지」가 있습니다.

'송아지 송아지 / 얼룩송아지 / 엄마 소도 얼룩소 / 엄마 닮았네. // 송아지 송아지 / 얼룩 송아지 / 두 귀가 얼룩 귀 / 귀가 닮았네.'

노랑나비

김영일

나비
나비
노랑나비

꽃잎에
한잠 자고

나비
나비
노랑나비

소 뿔에서
한잠 자고

나비
나비
노랑나비

길손* 따라
훨훨 갔네

＊ 길손 : 먼 길을 가는 나그네

저 여리고 부드러운 것이

— 형식이 매우 간결한 시입니다. 읽다 보면 마음속에 노래보다는 그림이 떠오릅니다. 시는 노래하고 가깝지만 그림과도 가깝습니다. 노래에서는 출렁이는 리듬감과 생명감을 배우지만 그림에서는 대상을 보는 아름다운 눈과 정갈한 구도를 배웁니다. 시에 쓰인 단어가 소박하고 단순하고 명료합니다. 몇 개의 단어는 여러 차례 반복하기까지 했습니다. "나비 / 나비 / 노랑나비" 이 구절입니다. 세 번이나 반복했군요. 읽다 보니 어떤 리듬감이 살아납니다. 그렇다면 그림을 느끼기보다는 노래를 느낀다고도 말해야 할 것 같습니다. 그렇습니다. 이 시는 노래의 요소와 그림의 요소를 함께 지닌 작품이라고 해야 할 것 같습니다. 아주 어린아이의 말투로 쓰였습니다. 시라는 것은 이렇게 어린아이의 말투로 짧고 간결해야 더 좋은 것이란 것을 이 시가 알려줍니다.

여름에 한 약속

이문구

방아깨비 잡아서
어떻게 했지?
떡방아 찧고 나서
가게 했어요.
내년에 만나기로
마음 약속하고
각시풀 있는 데로
가게 했어요.

베짱이는 잡아서
어떻게 했지?
비단 옷감 짜고 나서
보내줬어요.
내년에 다시 보자
굳게 약속하고
분꽃 핀 꽃밭으로
보내줬어요.

저 여리고 부드러운 것이

　— 자연을 사랑하고 아끼는 아이의 마음이 잘 나타나 있습니다. 방아깨비와 베짱이는 여름철 풀밭에서 사는 곤충입니다. 더러 아이들은 이런 곤충을 잡아서 놀기도 하지요. 요즘 도시에서 자란 아이들은 곤충을 손으로 잡으라고 하면 기겁하며 놀랄 것입니다. 그러나 예전의 아이들은 곤충을 손으로도 잘 잡았습니다. 또 그것을 놀잇감으로도 이용했습니다. 특히 방아깨비가 그랬습니다. 방아깨비의 두 다리를 모아서 한 손에 쥐고 있으면 몸을 들어 올렸다 내렸다 하면서 움직입니다. 그것이 꼭 방아깨비가 방아를 찧는 것처럼 보입니다. 모두가 장난감이 부족했을 때의 일입니다. 이 글에 나오는 아이는 마음씨가 참 착하고 여린 아이입니다. 방아깨비를 잡아가지고 놀다가 풀밭에 놓아주었다는 얘깁니다. 다음에 나오는 베짱이도 마찬가지입니다. 이렇게 작은 곤충을 보살펴주고 죽이지 않고 살려주는 마음이 참 아름다운 마음이고 착한 마음입니다. 이런 데서부터 착한 사람의 마음은 출발합니다. 무언가를 사랑하는 마음도 마찬가지로 생겨납니다.

저녁별

송찬호

서쪽 하늘에
저녁 일찍
별 하나 떴다

깜깜한 저녁이
어떻게 오나 보려고
집집마다 불이
어떻게 켜지나 보려고

자기가 저녁별인지도 모르고
저녁이 어떻게 오려나 보려고

— 저녁 하늘에 일찍 떠올라 반짝이는 별 하나를 가지고 시를 썼군요. 분명히 이 사람은 무엇이든지 잘 관찰하는 사람인 것 같습니다. 잘 관찰한다는 것은 매우 중요한 일입니다. 관찰은 꼭 과학을 하는 사람들만 하는 일은 아니지요. 관찰을 통해서 새로운 것을 알게 됩니다. 나의 일이 아닙니다. 나 아닌 다른 사람에 대해서입니다. 다른 물건에 대해서입니다. 이 시인은 별 하나에 주목하고 그 별을 오랫동안 바라보면서 관찰한 사람이 분명합니다. 그 별은 매우 속내가 깊고 아름다운 별인가 봅니다. 별이 하는 일을 보십시오. 집집마다 불이 어떻게 켜지나 보려고 저녁 하늘에 나왔다고 합니다. 남의 일을 더 생각하고 걱정하는 마음이지요. 이 시에서 가장 빛나는 표현은 "자기가 저녁별인지도 모르고"라는 구절입니다. 정말로 착한 일을 하는 사람은 자기가 착한 일을 한다는 사실조차 모르면서 착한 일을 하는 사람입니다. 남에게 자랑하고 떠벌리지 않는 사람이란 말입니다. 누구든 자기가 잘한다고 생각하는 사람은 정말로 잘하는 사람이 아니고 누구든 자기가 성공한 사람이라고 생각하는 사람은 오히려 실패한 사람일 수 있습니다.

귀뚜라미와 나와

윤동주

귀뚜라미와 나와
잔디밭에서 이야기했다.

　　귀뜰귀뜰
　　귀뜰귀뜰

아무에게도 알으켜 주지 말고
우리 둘만 알자고 약속했다.

　　귀뜰귀뜰
　　귀뜰귀뜰

귀뚜라미와 나와
달 밝은 밤에 이야기했다.

— 윤동주 시인은 어른이 읽는 시를 쓰기 전에 어린이가 읽는 시를 썼다는 말을 앞에서 했습니다. 이 시도 어린이가 읽는 시, 동시입니다. 동시는 우선 어린이의 마음인 동심이 들어 있어야 하고 어린이의 말투로 써야 하는 시입니다. 동시에서 중요한 것은 의인법을 잘 활용하는 일입니다. 이 시에서는 사람이 귀뚜라미와 이야기를 합니다. 그것도 사람의 말이 아니라 귀뚜라미의 말로 대화를 합니다. 이 얼마나 재미있고 신기한 발상입니까. 만약에 사람의 말로 이야기했다면 재미가 덜하고 신기함도 많이 줄었을 것입니다. 사람이 오히려 곤충인 귀뚜라미에게로 다가가서 귀뚜라미의 말로 이야기하고 있습니다. 이러한 겸손과 부드러움이 아름답고도 정다운 세계를 이룩하고 있습니다.

별 하나

이준관

별을 보았다.

깊은 밤
혼자
바라보는 별 하나.

저 별은
하늘 아이들이
사는 집의
쬐그만
초인종

문득
가만히
누르고 싶었다.

— 이준관 시인은 어른이 읽는 시도 잘 쓰지만 어린이가 읽는 시를 특히 잘 쓰는 시인입니다. 그가 쓴 시 가운데는 어린이가 읽어서 좋은 시가 아주 많습니다. 타고난 시인이라고 말할 수 있겠습니다. 밤하늘에 반짝이는 별 하나. 그 별을 보면서 시인이 해보는 상상은 매우 깜찍하고 즐겁고 귀엽습니다. 별을 가리켜 하늘나라 아이들이 사는 집의 "쬐그만(조그만 것도 아니고 쬐그만) 초인종"이라니요! 귀엽다 못해 놀랍습니다. 시를 읽는 사람까지 즐겁고 재미가 있습니다. 어쩌면 장난기가 많은 개구쟁이 아이 같기도 합니다. 그런데도 그 아이가 하나도 밉지가 않고 싫지도 않습니다. 사랑스럽기까지 합니다. 하늘나라의 별을 초인종인 줄 알고 누르려고 하는 아이. 아이 같은 시인. 오랫동안 우리들의 좋은 친구였으면 좋겠습니다.

나무

윤동주

나무가 춤을 추면
 바람이 불고,
나무가 잠잠하면
 바람도 자오.

　— 시를 해석하는 방법엔 여러 가지가 있을 수 있겠습니다. 또 사람마다 다를 수 있습니다. 그렇지만 이 시를 일제식민지 아래에서의 젊은 지식인의 고뇌로 읽는 것은 아무래도 무리가 있지 싶습니다. 그냥 있는 그대로 읽어줄 수는 없을까요? 이 시는 윤동주 시집 가운데서도 나중에 보완해서 발간된 시집에 수록되어 있는 작품입니다. 아마도 가족이 보관하고 있던 시인의 노트를 뒤져서 찾아낸 작품이지 싶습니다. 작품은 딱 한 문장입니다. 인과관계, 즉 원인과 결과에 대해서 말하고 있습니다. 사실로 보아서는 바람이 불면 나무가 춤을 추고 바람이 자면 나무도 잠잠해집니다. 그것이 사실이고 순리입니다. 그런데 왜 시인은 그것을 거꾸로 말했을까요? 이를 두고 정치적으로, 사회적으로 해석하는 것은 옳은 일이 아닙니다. 지금 시인이 나무를 바라보고 있습니다. 나무가 춤을 춥니다. 춤을 추는 나무를 보고서야 바람이 불고 있다는 것을 압니다. 원인과 결과가 거꾸로 되어 있습니다. 이것은 그다음의 표현도 마찬가지입니다. 왜 그랬을까요? 그만큼 시인의 지각이 순수하고 천진해서 그런 것입니다. 바람은 볼 수가 없습니다. 자취도 없습니다. 바람이 보여주는 건 나무가 춤추는 모습이고 나무가 잠잠한 모습입니다. 이것을 시인은 그 어떤 중간 장치나 색안경이나 선입견으로 읽지 않고 있는 그대로 읽었습니다. 천진과 순수의 극치가 이끌어낸 작품입니다. 적어도 내 생각은 그렇습니다.

호수 1

정지용

얼골 하나야
손바닥 둘로
폭 가리지만,

보고 싶은 마음
호수만하니
눈 감을 밖에.

— 정지용 시인은 한국 현대시의 아버지라고까지 불리는 시인입니다. 순수시를 지향했던 〈시문학〉의 중요 시인으로 김영랑과 함께 한국말을 잘 살려 아름다운 시를 많이 쓴 시인입니다. 그런데 이 시인도 한동안 판금 시인으로 묶여 있어서 일반 독자들이 시를 읽을 수 없었던 때가 있었습니다. 그러나 그 이후 해금이 되고 시인의 고향인 옥천에서는 해마다 정지용 문학제를 개최하면서 시인의 생애와 시적인 업적을 기리고 있습니다. 다행스런 일입니다. 문단에는 문학상이란 게 있는데 정지용 문학상은 매우 권위 있는 문학상 가운데 하나입니다. 역시 정지용 문학제 행사 때 주어집니다. 성인 시를 주로 쓴 정지용 시인이 동시를 썼다는 점은 매우 특이합니다. 이런 점은 윤동주 시인과도 비슷합니다. 동시 쓰기에 열중했으며 동시 작품에 공을 많이 들였습니다. 〈호수 1〉은 동시가 아니라 성인 시로 쓰인 작품입니다. 그렇지만 그 어떤 동시보다도 동심이 들어 있는 시입니다. 눈에 보이지 않는 마음, 보고 싶은 마음, 누군가 그리운 마음을 구체적으로 잘 나타냈습니다. 얼굴 하나와 호수의 대비가 적절하고 놀랍습니다. 어떻게 이런 생각을 했을까요? 호수를 지나면서 누군가 보고 싶은 사람을 생각했을까요. 보고 싶은 마음이 너무나도 크고 벅차서 눈을 감겠다는 표현은 또 얼마나 귀여운 표현인가요. 사랑스럽고 앙증맞은 갈래머리 한 여자아이가 문득 눈앞에 보이는 듯합니다. 이런 감각, 이런 상상은 오직 시인의 천재성에서만 나오고 신의 도움으로서만 가능한 일이라 하겠습니다.

채송화

윤석중

비가 뚝 그쳤어요,
해가 났어요.

뜰 앞에서 채송화가
울다 웃는 아기처럼
눈물이 맺힌 채로
방글방글 웃어요.

— 평생을 두고 오로지 동요와 동시만을 열심히 쓴 시인으로는 윤석중 시인이 으뜸입니다. 윤석중 시인이 지은 동요는 얼마나 많은지 모릅니다. 우리는 알게 모르게 윤석중 시인이 지은 동요를 부르면서 자란 사람들입니다. 그러므로 우리는 모두가 윤석중 시인의 제자들입니다. 채송화는 키가 작은 꽃으로 한여름에 핍니다. 땡볕에서도 지치지 않고 고운 꽃을 피우는 꽃입니다. 지독한 향일성의 꽃입니다. 그런 채송화가 주인공입니다. 아예 채송화가 사람 행세를 합니다. 사람 가운데서도 아기입니다. 울다가 웃는 아기. 우리가 알다시피 이런 것을 의인법이라고 합니다. 시에서, 특히 동시 쓰기에서 의인법은 매우 쓸모 있는 표현법입니다. 아니 생각의 틀입니다. 아예 세상 만물을 살아 있는 사람으로 보는 것입니다. 그래서 세상은 평화로워지고 평등해지고 진정으로 아름다워집니다. 빗방울을 눈물로 보고 채송화를 아기로 보는 세상에 무슨 다툼이 있고 무슨 우울이 있고 무슨 미움이 있을까요!

꽃씨와 도둑

피천득

마당에 꽃이
많이 피었구나

방에는
책들만 있구나

가을에 와서
꽃씨나 가져 가야지

저 여리고 부드러운 것이

— 피천득이라는 이름을 들으면 사람들은 대뜸 수필을 떠올릴 것입니다. 수필가 피천득은 독자들의 뇌리에 굳어진 이름입니다. 하지만 이분이 탁월한 시인이었다는 것은 아는 사람은 또 충분히 아는 일입니다. 많은 수의 좋은 시 작품을 썼습니다. 그 가운데 일반 독자들에게 잘 알려진 작품 가운데 하나가 바로 이 시입니다. 꽃씨와 도둑의 대비가 특별합니다. 놀랍습니다. 전혀 연결이 안 되는 단어들입니다. 아마도 시인의 집에서 일어났던 어느 날의 사건을 배경으로 쓴 작품이지 싶습니다. 시인이 단독주택에서 살면서 마당에 꽃을 기르며 살던 시절입니다. 도둑이 들기는 했는데 없어진 물건이 없었던 모양입니다. 가난한 시인의 집이라 아무리 뒤져도 가져갈 만한 물건이 없었던 모양입니다. 둘러보아도 방 안에 가득한 것은 책들뿐입니다. 그냥 돌아가면서 도둑이 생각을 했던 모양입니다. 이 집에는 훔쳐갈 만한 것이 하나도 없구나. 가을에 꽃씨가 익거든 꽃씨나 받아가야겠구나. 귀여운 도둑입니다. 아닙니다. 귀여운 시인의 생각입니다.

나비

이준관

들길 위에 혼자 앉은
민들레.
그 옆에 또 혼자 앉은
제비꽃.

그것은
디딤돌.

나비 혼자
딛
고
가
는

봄의
디딤돌.

— 역시 이준관 시인의 동시. 팡팡 튀는 감각이 있고 번득이는 재주가 있습니다. 앙증맞습니다. 동시의 특성으로 또 앙증맞음보다 더 소중한 아름다움은 없어 보입니다. 배경은 들길. 민들레가 피었고 제비꽃이 그 옆에 피었습니다. 그 위로 나비가 날아갑니다. 봄이군요. 다만 그뿐인데 시인은 민들레꽃, 제비꽃을 나비가 딛고 가는 디딤돌로 보았습니다. 역시 발상이 놀랍고 특별합니다. 꽃송이를 디딤돌로 보다니! 이 또한 나비를 사람으로 보았기 때문에 가능한 일입니다. 두 번째 연에서는 '딛고 가는'이라는 말을 한 글자씩 떼어서 네 개의 행으로 썼군요. 그렇게 함으로 마치 디딤돌이 놓인 것처럼 표현했어요. 이 또한 놀라운 솜씨입니다. 우리의 마음도 그 글자의 디딤돌을 딛고 한 발자국씩 천천히 앞으로 나아갑니다.

우리나라의 새

오순택

우리나라의 새는
악기입니다.

까치는 이른 아침
사립문에 꽃물 묻은
햇살을 물어다 놓고
까작, 까작, 까작
타악기 소리를 내고

실개천 말뚝에 앉은
털빛 고운 물총새는
돌틈을 흐르는 물소리같이
목관악기 소리를 냅니다.

가리마를 타듯
바람이 보리밭을 헤치고 지나가면
종달새는 피리소리를 내며
돌팔매질을 하듯
보리밭에 내려앉고

몸은 솔숲에 숨겨놓고
꽃 같은 고운 목소리만
내어보이고 있는 뻐꾸기는
금관악기입니다.

우리나라의 새는
예쁜 악기입니다.

— 역시 재미있는 작품입니다. 다시 한 번 '발상'이란 말을 꺼내야겠습니다. 발상. 생각을 해냄. 또 그런 생각. 없는 것에서 있는 것을 생각해내는 것이 아닙니다. 있는 것끼리 서로 연결시켜 새로운 것을 만들어내는 것입니다. 이 시인의 발상을 좀 보십시오. 우리나라 새들의 울음소리를 교향악단의 악기 소리로 보았어요. 어떤 새는 타악기 소리를 낸다고 보았고, 어떤 새는 목관악기 소리를 낸다고 보았고, 또 어떤 새는 금관악기 소리를 낸다고 보았어요. 역시 놀랍지 않나요? 이렇게 되면 우리나라 전체가 하나의 교향악단이 되는 겁니다. 하나의 커다란 음악이 되는 겁니다. 이렇게 어떤 것(사물)과 어떤 것(사물)을 가지고 그 둘 사이를 살펴 밑줄 긋기만 다시 해도 세상은 온통 새로워지고 싱그러워집니다. 그것이 시가 보여주는 아름답고도 놀라운 세계입니다.

하늘은 넓다

나태주

우리 학교 정원의
향나무 꼭대기에
집을 짓고 새끼를 친 참새

날마다 짝째글
짹째글 커지는
참새 새끼들 울음

아이들에겐 알려주지 말자
어른들은 그렇게
생각하고

어른들에겐 알려주지 말자
아이들은 그렇게
생각하는 사이

참새 새끼들 다 자라
하늘로 날아간다
훠이훠이 하늘은 넓다.

— 나는 초등학교 교장 선생을 8년 동안이나 했습니다. 교장들 사이에서는 '시인 교장'이라고 불렸고 시인들 사이에서는 '교장 시인'이라고 불렸습니다. 어쩌면 나의 일생 가운데 그 시절이 가장 자랑스럽고 감사한 시절이었는지도 모르겠습니다. 날마다 출근하면 제일 먼저 학교 안을 돌아보곤 했습니다. 학교의 건물이나 시설물, 나무 같은 것들이 잘 있나 알아보려고 그러는 것이지요. 어느 날, 학교를 돌다 보니 우리 학교 정원의 향나무 가지 속에 참새가 집을 지었어요. 참새는 대개 지붕의 틈새에 집을 짓는데 그런 곳이 마땅치 않아 향나무 가지 속에 집을 지었던 모양이에요. 나는 교무실로 돌아와 선생님들에게 그 이야기를 했어요. 그런데 선생님들도 이미 알고 있는 거예요. 그뿐이 아니에요. 아이들까지도 안다는 거예요. 아이들이 알면서도 그냥 놔둔 것이지요. 나는 그 이야기를 듣고 감동을 했습니다. 그 뒤에 참새들은 어떻게 되었을까요? 어미 참새는 아기 참새를 잘 길러서 둥지를 떠나게 하였지요. 그 후, 가끔 교장실 유리창가로 참새들이 날아다니는 모습이 보이고는 했어요. 참새를 볼 때마다 나는 내가 엄마 참새가 되고 아기 참새가 된 것처럼 기분이 좋고 기뻤어요. 서로가 고마운 일이에요.

콩, 너는 죽었다

김용택

콩타작을 하였다
콩들이 마당으로 콩콩 뛰어나와
또르르또르르 굴러간다
콩 잡아라 콩 잡아라
굴러가는 저 콩 잡아라
콩 잡으러 가는데
어, 어, 저 콩 좀 봐라
쥐구멍으로 쏙 들어가네

콩, 너는 죽었다

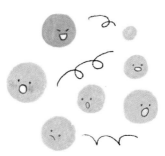

― 매우 재미난 시입니다. 개구쟁이 아이 같은 작품입니다. 시골의 가을날. 밭에서 익은 콩을 뽑아서 말려 마당에 널어놓고 막대로 두드려 콩 타작을 하는 날입니다. 콩알은 둥글고 조그맣습니다. 막대로 콩대궁을 두드리면 콩깍지를 열고 콩의 알맹이가 튀어나옵니다. 그러면 그 작고 둥근 콩알이 마당 위로 데구루루 굴러요. 흔히 가을날 시골에서 볼 수 있는 풍경이지요. 어른들이 콩 타작을 할 때면 아이들은 그 옆에서 콩 잡기 놀이를 해요. 그것 또한 신나고 재미난 놀이이지요. 그런데 말이에요. 어떤 콩은 더욱 빨리, 더욱 멀리 굴러가는 거예요. 그러다가 더러운 수채에 빠지기도 해요. 그래도 수채에 빠진 녀석은 꺼내어 씻으면 돼요. 하지만 말이에요. 쥐구멍으로 들어간 녀석은 가망이 없어요. 건질 수가 없다는 말이에요. 콩은 쥐의 먹이예요. 그래서 "콩, 너는 죽었다"는 말이 나오지요. 분명 안 좋은 상황이지만 전혀 그렇게 들리지 않아요. 재미가 있어요. 깔깔 웃음이 나와요. 같은 일이라도 이렇게 좋은 쪽으로 보면 충분히 즐거울 수 있어요.

운동화 말리는 날

정두리

운동화를
햇발 바른 곳에
키대로 세웠습니다.

엄마가 헌 칫솔로
삭삭 박박 문질러 씻은
내 운동화

놀이터에서
친구 다리 걸어
넘어뜨린 일

떡볶이 가게에서
흘렸던 고추장 국물

뽕뽕 게임방에서
놀고 왔던 흔적이 지워지고

운동화는 한나절
느긋하게 낮잠을 잡니다.
꿈까지 꿉니다.

— 정두리 시인은 예쁜 시를 많이 쓰는 시인입니다. 얼굴만 예뻐서 예쁜 시를 쓰는 것이 아니에요. 마음이 예뻐서 예쁜 시를 쓰는 거예요. 아니에요. 마음이 예쁘지 않은 사람도 예뻐지고 싶어서 예쁜 시를 쓰는 거예요. 어쨌든 이 시는 예쁜 마음이 들어 있는 시입니다. 사람이 신고 다니는 운동화를 또 사람인 것처럼 보았군요. 의인법입니다. 엄마가 헌 칫솔로 박박 문질러 빨아서 양지 쪽에 말리는 운동화들. 운동화는 한나절 느긋하게 낮잠을 자면서 꿈을 꿉니다. 이런 운동화를 보면서 아이는 생각합니다. 엄마가 헌 칫솔로 빡빡 문질러서 운동화를 빨 때 운동화에 묻었던 때와 함께 운동화를 신고 지내면서 있었던 여러 가지 나쁜 일이며 기억들까지 지워졌다고 생각합니다. 우리 마음은 언제나 깨끗한 마음을 가질 수는 없어요. 더러는 흐려지고 나빠지고 어지러운 마음을 갖습니다. 나쁜 마음도 갖지요. 그런 나쁜 마음을 그대로 두면 안 됩니다. 다시 깨끗하게 해야 합니다. 이렇게 마음을 다시 깨끗하게 하는 방법으로 나는 시 읽기를 듭니다. 시를 읽으면서 자기 마음도 깨끗하게 가지려는 노력 또한 중요하다고 생각합니다. 이렇게 시를 읽으면서 마음을 깨끗하게 하는 것을 나는 '마음의 빨래'라고 말하곤 합니다.

바닷가에서

정진채

파도가 밀려간
바위 틈,
소라게가 집을 업고 놀러 나왔다.

동그란 처마 밑으로
빨갛고 예쁜 발이 하나
햇빛에 반짝인다.

이 넓은 바다의 한쪽에
요렇게도 작은 꼬마 소라게가

용하게 살고 있다.
바다의 한 식구
소라게가.

— 소라게는 바다에 사는 게의 일종입니다. 다른 게처럼 몸이 딱딱하지 않아서 소라고둥의 껍질을 집으로 삼아 그 속에 들어가 사는 게입니다. 몸이 아주 작지요. 그 몸을 살리기 위해 소라고둥 속에 몸을 숨기고 사는 게입니다. 그러다가 제 몸이 더 커지면 다시 제 몸에 맞는 고둥의 집을 찾아 거기로 몸을 옮겨서 삽니다. 바닷가에서 이런 생명체를 만나면 안쓰럽다는 생각이 들지요. 이 안쓰럽다고 생각하는 마음이 사랑입니다. 공자님도 '측은지심'이 어진 마음이라고 하셨고, 부처님도 가장 중요한 가르침으로 '자비심'을 말하셨고, 예수님도 '긍휼히 여기는 마음'을 가장 아름다운 마음이라고 말씀하셨습니다. 바로 이것입니다. 우리는 이런 마음을 잊지 말아야 하겠습니다. 무엇이든 작은 것, 버려진 것, 오래된 것을 보면 그것을 아끼면서 살아야겠다는 생각을 가져야 합니다. 이것을 나는 또 '가난한 마음'이라고 말합니다. 소라게를 만나서 사랑을 깨우칩니다, 안쓰러운 마음, 어진 마음, 긍휼히 여기는 마음을 새롭게 배웁니다. 하찮은 소라게 한 마리가 우리의 이웃입니다. 친구입니다. 아니, 나 자신입니다. 소라게야, 안녕! 앞으로도 잘 살아라. 정다운 인사가 저절로 나옵니다.

빈 나뭇가지에

김구연

빈 나뭇가지에
구름 한 조각 걸렸다 가고

빈 나뭇가지에
하얀 눈 몇 송이 앉았다 가고

빈 나뭇가지에
뾰죽뾰죽 초록 잎 돋았다 가고

빈 나뭇가지에
다닥다닥 빨간 열매 달렸다 가고

빈 나뭇가지에
한 마리 산새 쉬었다 가고

빈 나뭇가지에
빈 나뭇가지에.

— 빈 나뭇가지는 제가 비어 있으므로 다른 많은 것들을 오게 합니다. 나뭇가지에 나뭇잎이며 과일들이 가득 달렸으면 다른 것들이 오지 못합니다. 비워둔다는 것. 그것은 좋은 일입니다. 때로 우리는 비어 있는 것은 아예 아무것도 없는 것이라고 말하기 쉽고 그렇게 알기 쉽습니다. 그렇지 않습니다. 비어 있는 것도 '있는 것'입니다. 비어 있음 자체가 있음이라는 말입니다. 비어 있음을 있는 것으로 인정할 때 우리의 삶과 생각은 많이 달라집니다. 남을 진정으로 생각하는 마음도 여기서 나오고 내가 가진 것을 조금쯤 내려놓을 수 있는 능력도 여기서 나옵니다. 비어 있음을 알고 그것을 실천할 수 있는 사람만이 진정으로 남을 배려할 수 있는 사람입니다.

감

한성기

길가 오고 가며
보아온 가지 끝에
남아 있던 감

이 며칠을
그만 잊고 보지 않은 새에
떨어지고 없고
가지 끝에 빈 하늘

그러나
내 머리 속에 그대로
대롱대롱 달려 있는
감 두 개
그건 아직 떨어지지 않고
있다.

저 여리고 부드러운 것이

― 얼핏 쉬운 것 같으면서도 쉽지 않은 시입니다. 시의 구조나 형식, 낱말이 어려운 것이 아니라 시 안에 담긴 마음이 어려워서 그런 겁니다. 가을이 깊으면 감나무에 열린 감알이 익습니다. 감알이 다 익으면 사람들이 따거나 저절로 떨어지기도 합니다. 시인은 골목길을 지나다니면서 남의 집 감나무에 열린 감알을 보았던가 봅니다. 한동안 오며 가며 보아온 감나무의 감알들. 그런데 며칠 사이 보지 못하고 스쳐 지나다니는 사이 그 감알이 떨어져 없어졌던가 봅니다. 흔히 있을 수 있는 경험입니다. 보통 사람들은 여기까지만 생각합니다. 그러나 시인은 그다음까지를 생각합니다. 이미 감알은 떨어져 없어지고 빈 하늘만 있는데 그 빈 하늘에 감알이 그대로 남아 있는 것처럼 생각된다는 것입니다. 아닙니다. 마음속 감나무 가지에 대롱대롱 매달린 채 떨어지지 않은 감알 두 개. 이것은 현실의 감알, 실지로 있는 감알이 아닙니다. 마음의 감알입니다. 마음의 그림입니다. 이러한 그림은 오직 시인만이 가능한 일입니다.

새

박두순

새 한 마리가
마당에 내려와
노래를 한다.
지구 한 모퉁이가 귀기울인다.

새 떼가
하늘을 날며
이야기를 나눈다.
하늘 한 귀퉁이가 반짝인다.

— 매우 작은 것과 매우 큰 것의 대비입니다. 새 한 마리와 지구 한 모퉁이는 비교할 수 없는 크기입니다. 그렇지만 새 한 마리가 우는 곳이 지구이므로 지구 한 모퉁이가 아닐 수 없고 새떼가 나는 하늘이 또 하늘의 한 귀퉁이가 아닐 수 없는 일입니다. 문제는 새 한 마리가 노래하는 것을 지구 한 모퉁이가 귀 기울여 듣는다는 것입니다. 아무리 작은 새 한 마리의 노랫소리일망정 지구의 한 모퉁이는 소홀히 하지 않는다는 사실입니다. 비록 작은 것일지라도 그것은 그것 자체로서 가치가 있고 귀하고 아름답고 충분하다는 것을 이 시는 일깨워주고 있습니다. 그렇다면 우리 자신은 말할 것도 없는 일입니다. 충분히 가치 있고 아름답고 사랑스런 존재가 우리입니다.

촉

나태주

무심히 지나치는
골목길

두껍고 단단한
아스팔트 각질을 비집고
솟아오르는
새싹의 촉을 본다

얼랄라
저 여리고
부드러운 것이!

한 개의 촉 끝에
지구를 들어올리는
힘이 숨어 있다.

저 여리고 부드러운 것이

　― 나는 자동차가 없는 사람입니다. 지금도 그렇지만 학교 선생을 할 때도 버스를
타고 다녔고 가끔 급하면 택시를 타고 다녔어요. 논산에 있는 초등학교에서 교감으로
일할 때입니다. 퇴근 시간이 되어 공주로 돌아오는 시내버스를 타려고 버스 정류장 쪽
으로 걷고 있었습니다. 커다란 가방을 들고 도로 바닥을 보면서 걷고 있었겠지요. 도
로는 검정색 아스팔트가 덮인 길입니다. 때마침 봄이었습니다. 무심히 아스팔트 바닥
을 보면서 걷는데 무언가가 보였습니다. 그것은 봄을 맞아 새로 돋은 새싹이었습니다.
새싹도 새싹 나름입니다. 논이나 밭에 돋아난 새싹이 아니라 아스팔트 틈을 비집고 솟
아난 새싹입니다. 놀라웠습니다. 얼랄라! 감탄이 저절로 나왔습니다. 이 생명의 신비.
이 강인함. 이 눈부심. 그래서 그 자리에 멈춰서 쓴 것이 이 시입니다. 실은 그때 나는
많은 것에 실망하고 의욕이 떨어져 있는 상태였습니다. 아스팔트의 단단한 틈새를 비
집고 돋아난 한 개의 새싹이 나에게 말하고 있었습니다. "아저씨도 새싹을 틔우세요.
새롭게 시작하세요." 그것은 내게 놀라운 용기가 되어주었습니다.

구부러진 길

이준관

나는 구부러진 길이 좋다.
구부러진 길을 가면
나비의 밥그릇 같은 민들레를 만날 수 있고
감자를 심는 사람을 만날 수 있다.
날이 저물면 울타리 너머로 밥 먹으라고 부르는
어머니의 목소리도 들을 수 있다.
구부러진 하천에 물고기가 많이 모여 살 듯이
들꽃도 많이 피고 별도 많이 뜨는 구부러진 길.
구부러진 길은 산을 품고 마을을 품고
구불구불 간다.
그 구부러진 길처럼 살아온 사람이 나는 또한 좋다.
반듯한 길 쉽게 살아온 사람보다
흙투성이 감자처럼 울퉁불퉁 살아온 사람의
구불구불 구부러진 삶이 좋다.
구부러진 주름살에 가족을 품고 이웃을 품고 가는
구부러진 길 같은 사람이 좋다.

— 이준관 시인의 시를 한 편 더 읽습니다. 이준관 시인의 시는 무엇보다도 착한 시입니다. 왜 착한 시일까요? 그 자신이 착하고, 생각이 착하고, 삶이 착하기 때문에 착한 시가 나오는 겁니다. 착하지 않은 아름다움은 더욱 무섭고 나쁩니다. 그 아름다움으로 하여 다른 생명을 해치기 때문에 그렇습니다. 아름다움에도 착함이 있어야 하고 진실함에도 착함이 있어야 합니다. 나도 젊은 시절엔 왜 착한 것이 인간을 구분하는 잣대가 되는지 그것에 대해서 의문을 가졌던 때가 있었습니다. 착함이야말로 그 인간이 좋은 사람인지 아닌지를 가르는 기준이 됩니다. 이 시의 첫 줄은 "나는 구부러진 길이 좋다."이고 마지막 줄은 "구부러진 길 같은 사람이 좋다."입니다. 서언이자 결론입니다. 그 중간에 있는 문장들은 이 두 문장을 풀이해주는 여러 가지 항목들입니다. 사람은 일생을 살면서 여러 가지 어려운 일을 겪고 실패도 합니다. 조금쯤 상처 입고 구부러진 사람이 됩니다. 그렇지만 그는 여전히 따스한 마음과 너그러운 마음을 지닌 사람입니다. 이런 사람이야말로 남의 허물도 덮어줄 수 있고 이해하는 사람이 됩니다. 시인이 말하는 구부러진 길 같은 사람입니다. 나는 이준관 시인을 잘 아는데 이준관 시인이야말로 그런 사람이라고 생각합니다.

저녁노을

이해인

있잖니 꼭 그맘때
산 위에 오르면
있잖니 꼭 그맘때
바닷가에 나가면
활활 타는 저녁노을
그 노을을 어떻게
그대로 그릴 수가 있겠니

한 번이라도 만져 보고 싶은
한 번이라도 입어 보고 싶은
주홍의 치마폭 물결을
어떻게 그릴 수가 있겠니

저녀리고 부드라운 것이

혼자 보기 아까와
언니를 부르러 간 사이
몰래 숨어 버리고 만 그 노을을
어떻게 잡을 수가 있겠니

그러나 나는
나에게도 노을을 주고
너에게도 노을을 준다

우리의 꿈은 노을처럼 곱게
타올라야 하지 않겠니
때가 되면 조용히
숨을 줄도 알아야 하지 않겠니.

— 소녀의 추억과 독백이 들어 있는 글입니다. 어린 시절 산 위에 올라, 바닷가에 나가 저녁노을을 보았던 일을 상기하고 있습니다. 저녁노을은 하루의 해가 서쪽 하늘로 기울면서 만들어내는 붉은빛을 말합니다. 우리도 어린 시절에 그런 노을을 많이 보면서 자랐지요. 푸른빛 하늘이 붉게 물든다는 것이 신비롭고 놀라웠던 기억입니다. 마치 무엇에겐가 홀린 것 같은 기분이 들곤 했지요. 그 시절의 그 울렁임과 감격이 평생을 갑니다. 그리움으로 남고 아름다움으로 남고 추억으로 남습니다. 고향이라든지 어린 시절이라든지 그런 것들도 저녁노을과 함께 아름답게 채색되어 남습니다. 이해인 시인은 수녀님입니다. 평생을 수도자로 살았던 분이라서 시도 맑고 깨끗한 것이 특징입니다. 시의 내용도 인간에게 꿈과 희망을 주고 고달픔을 달래주고 위로해줍니다. 가끔은 살아가는 일이 힘들 때면 이해인 수녀의 시를 읽습니다. 수녀 시인이 사는 부산 땅 광안리, 한 번도 가보지 못한 성 베네딕토 수녀원을 생각합니다. 생각만으로도 마음이 따스해집니다. 위로를 받습니다. 수녀 시인이 어린 소녀의 입을 통해서 일러주는 어린 시절의 추억, 삶에 대한 조용한 타이름은 귀합니다. 나직나직 들으면서 하루의 고달픔을 다스려봅니다. 이로써 오늘 하루도 나는 좋았습니다. 고맙습니다.

「이 도서의 국립중앙도서관 출판예정도서목록(CIP)은
서지정보유통지원시스템 홈페이지(http://seoji.nl.go.kr)와
국가자료공동목록시스템(http://www.nl.go.kr/kolisnet)에서 이용하실 수 있습니다.
(CIP제어번호 : CIP2019048202)」

저 여리고 부드러운 것이

1쇄 발행 2019년 12월 23일
엮은이 나태주
그림 김해선
발행인 윤을식
편 집 김명희 박민진
펴낸곳 도서출판 지식프레임
출판등록 2008년 1월 4일 제2016-000017호
주소 서울시 서초구 효령로26길 9-12, B1
전화 (02)521-3172 ㅣ **팩스** (02)6007-1835

이메일 editor@jisikframe.com
홈페이지 http://www.jisikframe.com

ISBN 978-89-94655-79-6 (03810)